COLLECTION
DES
CHEFS-D'ŒUVRE MÉCONNUS

JEAN CALVIN

TRAITÉ
DES RELIQUES

SUIVI DE L'EXCUSE
A MESSIEURS LES NICODÉMITES

INTRODUCTION ET NOTES
DE
ALBERT AUTIN

AVEC UN PORTRAIT GRAVÉ SUR BOIS PAR

OUVRÉ

19 21

TRAITÉ DES RELIQUES

—

EXCUSE AUX NICODÉMITES

LA COLLECTION DES CHEFS-D'ŒUVRE MÉCONNUS
EST PUBLIÉE SOUS LA DIRECTION
DE M. GONZAGUE TRUC

La collection des « Chefs-d'Œuvre Méconnus » est imprimée sur papier Bibliophile Inaltérable (pur chiffon) de Renage et d'Annonay, au format in-16 Grand-Aigle (13,5 × 19,5).

Le tirage est limité à deux mille cinq cents exemplaires numérotés de 1 à 2500.

Le présent exemplaire porte le N° 1.286

Le texte reproduit dans ce volume est celui des *Opera Calvini.*

Jean CALVIN

(1509-1564)

Gravé par Achille Ouvré

D'après l'original de la Bibliothèque de Genève.

COLLECTION
DES
CHEFS-D'ŒUVRE MÉCONNUS

JEAN CALVIN

TRAITÉ DES RELIQUES

SUIVI DE L'EXCUSE
A MESSIEURS LES NICODÉMITES

INTRODUCTION ET NOTES

PAR ALBERT AUTIN

PROFESSEUR AGRÉGÉ AU LYCÉE DE MARSEILLE
DOCTEUR ÈS-LETTRES

Avec un portrait gravé sur bois par Achille OUVRÉ

ÉDITIONS BOSSARD
43, RUE MADAME, 43
PARIS
1921

INTRODUCTION

PAR

Albert AUTIN

INTRODUCTION

I. — *NOTICE HISTORIQUE ET LITTÉRAIRE*

Il n'est peut-être pas inutile de rappeler, — sinon même d'apprendre — à la plupart des lecteurs que l'histoire de la Réforme, en ce qui concerne la France, ne constitue pas un bloc, une révolte, comme le croient les catholiques, ou une conspiration contre l'autorité royale, ainsi que l'imaginent les doctrinaires de la monarchie, bref, quelque chose de simple, qu'on puisse se représenter sous une seule image et enfermer dans une seule formule.

J'ai établi ailleurs (a) que ce mouvement complexe, plus complexe en vérité qu'on ne le pense communément, comporte trois étapes ou trois temps. On me permettra de me citer :

(a) Albert Autin. *L'Échec de la Réforme en France, au xvie siècle.* 1 vol. in-18, vii-286 p. Paris, A. Colin, 1918.

« Elle [la Réforme] se développe d'abord dans un cercle d'érudits, à l'ombre et presque à l'abri du pouvoir royal. De là, elle se répand dans le monde des « gens mécaniques ; savetiers. cordonniers, menuisiers, cordiers, peigneurs de laine, merciers et porte-paniers, gens qui allaient rôdant de ville en ville, et d'une province à l'autre... » (A. Malet). Elle est, à cette époque, une *manière de ferveur* beaucoup plus qu'une tendance schismatique, et, à plus forte raison, qu'un parti politique. La diffusion de la Bible, traduite par les érudits au collège de France, alors collège des Trois Langues, commentée par une partie du clergé, — surtout les réguliers — a pour effet de substituer à l'Église, telle qu'elle se présente au xvi⁰ siècle, l'idéal des communautés primitives issues de la parole de Jésus. Plusieurs des adeptes de la première heure ne passeront jamais à la Réforme — Lefèvre d'Étaples, par exemple. La Réforme, à cette date, est un *dessein de réformation au sein de l'Église*, plutôt qu'un mouvement effectif et conscient de sa véritable originalité. La politique incertaine de François I⁰ʳ, ses alternatives de protection ou d'hostilité et, finalement, la persécution organisée auront pour résultat, en éliminant les timorés ou les gens habiles, de réduire la Réforme naissante à ce dilemme : disparaître ou se déclarer dans sa rivalité contre Rome.

Le roi adhère à la confédération catholico-espagnole contre la Réforme (1538). Il organise la défense de la foi et confie à Mathieu Dry le titre et les fonctions de grand inquisiteur (1540). Il persécute les Vaudois, malgré l'intervention de leur évêque, Sadolet (1540-1545). Il impose un formulaire de foi, contenant 26 articles (1543). La Sorbonne publie, l'année suivante, un *Index librorum prohibitorum* (1544). Étienne Dolet est exécuté en 1545. A cette date, il n'y a plus d'équivoque possible. La royauté a pris décidément parti pour Rome contre l'Évangile. En un temps où le principe : *Cujus regio, ejus religio,* règne dans toute sa vigueur, c'est la condamnation pure et simple de la Réforme, sur le territoire français.

Calvin l'avait bien compris. Dès 1533, au lendemain du retentissant discours qu'il avait suggéré au recteur Copp, il gagne Bâle. Avec lui, c'est la Réforme de langue française qui s'exile. Elle renonce à s'appuyer sur l'autorité royale, et cette décision hardie, comme dira Bossuet, s'est trouvée justifiée par l'événement, puisque les successeurs de François Ier se sont résolûment engagés dans la voie de la répres-

sion. On sait comment Calvin, appelé de Bâle
à Genève pour y enseigner la théologie, tenta
une première fois de réaliser son idéal ecclésiastique en réformant à la fois les croyances,
les mœurs et le culte de l'Église genevoise. Il
dut quitter la ville, devant la réprobation d'une
majorité de citoyens, choqués par l'âpreté de
sa logique et de son zèle (1539). Ses partisans
réussirent pourtant, deux ans après, à le faire
rappeler et cette fois définitivement (1541).

Genève devenait le centre, et, comme on a
dit depuis, la Rome de la Réforme française.
Calvin, promu en quelque sorte pape de la
nouvelle confession, dirige de loin le mouvement tel que le font, en France, les circonstances. Il donne des directions, tant en matière
de foi que sur le sujet de l'attitude à prendre
devant la persécution. Il maintient, par ses
écrits, l'unité de croyance dans la jeune Église ;
il console et soutient ceux d'entre les fidèles
qui ont à lutter, soit contre l'autorité civile ou
religieuse, soit au sein de leur propre famille.
Il exalte la mémoire des martyrs et offre à
ceux qu'effraie cette perspective le sûr abri
de l'Église de Genève. C'est de cette époque
que date son abondante production — les
traités dogmatiques, les pamphlets, la correspondance. Il est à la fois théologien et direc-

teur de conscience. Il incarne à lui seul la
Réforme de langue française dans son intran-
sigeance en face de l'autorité royale.

En France, la persécution atteint son maxi-
mum d'âpreté et d'injustice. Quelques années
plus tard, dans le déchaînement des guerres
civiles, les Réformés apparaîtront moins pitoya-
bles qu'à cette heure. Constitués en parti politique, ils auront alors des capitaines et des
soldats. Ils pourront se défendre ; souvent, ils
attaqueront. A l'époque qui nous occupe —
de 1535 à 1560 — ils sont sans défense devant
l'inquisition combinée de l'autorité religieuse
et de l'autorité civile. C'est le temps de la
Chambre Ardente. Il s'établit une atmosphère
de suspicion, une sorte de Terreur. Les ecclésiastiques sont dénoncés, sur le plus léger
indice, à [la Faculté de Théologie ; les laïques,
au Parlement. Les uns et les autres ont le
choix entre la rétractation, l'emmurement ou
détention à perpétuité et la mort sur le bûcher.
Telle était, à cette époque, l'ardeur de la foi
nouvelle que beaucoup n'hésitaient pas à
donner leur vie. Les correspondances et les
mémoires du temps sont remplis du récit de
ces exécutions.

Ainsi, ce qui caractérise cette seconde
période, c'est la *transformation de la Réforme*

française en confession religieuse, distincte et rivale de la confession romaine. La nécessité du schisme s'est imposée et a triomphé. Le dogme calviniste s'élabore, se précise. Il devient une orthodoxie rigoureuse, intransigeante, impitoyable : Michel Servet en fit, à Genève, la triste expérience (1553). De même qu'il a son orthodoxie, le calvinisme a ses théologiens, Calvin en tête ; il a son séminaire, l'Académie ; il a son clergé, les pasteurs ou ministres, qui se répandent de Genève en France ; il a ses paroisses sur le territoire français — en 1584, il y en avait plus de deux mille ; il a ses fidèles d'autant plus fervents qu'ils sont persécutés ; il a ses martyrs. Enfin, en 1559, il devait avoir son concile, le synode tenu à Paris et qui formula, pour la commodité des Églises dispersées, la règle de la foi, des mœurs et du culte.

Sous l'effort de la persécution, la Réforme de langue française a été amenée à se poser, en s'opposant au catholicisme, dans sa véritable originalité. Le désir de réformation au sein de l'Église s'est défini et précisé. La Réforme française, sous l'action prépondérante de Calvin, se distingue, à cette date, du luthéranisme et de l'anglicanisme. C'est un mouvement autochtone.

La Réforme allait rencontrer, dans son succès même, l'occasion de son échec. De tendance, elle était devenue proprement une Eglise, et elle avait trouvé profit à cette évolution logique. *D'Église, elle devint un parti politique.* A ce titre, elle entra dans le conflit des intérêts et des ambitions. Elle connut les vicissitudes de la lutte. Tour à tour, elle triompha de ses adversaires ou succomba sous leurs coups. Elle perdit sur le champ de bataille le meilleur de sa gloire authentique, qui était d'être un message spirituel. Elle y aventura sa bonne renommée et se trouva, après quelques années de lutte, dans la plus mauvaise compagnie qui fût au monde, — en face de la Ligue.

Comment s'était opérée cette transformation ? Insensiblement. La constance des martyrs avait agi sur l'âme d'un peuple, de sa nature chevaleresque : ç'avait été une contagion. L'organisation progressive de la jeune Église inspirait confiance aux témoins attentifs de son évolution. Le synode de Paris (1559) devait confirmer dans leur foi tous ceux qu'attirait la vitalité de la Réforme. Beaucoup d'âmes, qui s'en étaient tenues jusque-là à une sympathie tiède ou à une réserve prudente, sortirent de leur incertitude. En particulier, la noblesse du Midi et de l'Ouest donna son adhésion. On compta désormais parmi les néophytes deux princes du sang : Antoine de Bourbon et le prince de Condé, son frère. De grandes familles apportèrent leur témoignage, notamment les Coligny. C'était, dans la confession nouvelle, plus qu'une évolution ; ce fut une révolution. Jusque-là l'assistance des prêches et de la Cène s'était presque exclusivement recrutée dans le monde des artisans, des étudiants ou du clergé. L'humilité de ces fidèles semblait plaider contre la vérité des doctrines nouvelles. On allait pouvoir désormais opposer aux appuis du catholicisme romain ces adhésions venues d'âmes d'élite. Des mesures transitoires donnèrent aux calvinistes l'illusion d'une reconnaissance officielle : ce furent l'édit d'Amboise, puis la paix de Saint-Germain (1570), enfin l'édit de Beaulieu (1576).

Ces édits n'étaient à la vérité que des trêves, bientôt violées, soit par les Réformés enivrés de leurs victoires, soit par les catholiques oublieux de leurs engagements. Faut-il rappeler les massacres fameux ? La Saint-Barthélemy (24 août 1572) demeure comme un souvenir tragique de ce que peut la passion déchaînée chez un peuple à l'ordinaire doux et tolérant.

La Réforme, à cette époque, eut donc ses
capitaines : le prince de Condé et l'amiral de
Coligny, Elle eut ses soldats aussi braves dans
l'action que cruels dans la victoire. Elle eut ses
places fortes, ou, comme on disait alors, ses
places de sûreté, — La Rochelle par exemple.
Elle eut enfin sa politique, qui ne tendit à rien
moins, après la mort de Charles IX (1574) qu'à
s'assurer, avec la possession du trône de France,
le moyen d'imposer à tout le royaume, par la persuasion ou par la force, la nouvelle confession.

Le rêve caressé par les calvinistes de devenir
non pas seulement une religion tolérée, mais
la religion officielle et, comme on disait, la
religion d'Etat, ce rêve explique, s'il ne la jus-
tifie pas, l'ardeur souvent dénuée de scrupules
qu'ils apportèrent à la lutte et qui les poussa
notamment à solliciter l'intervention de l'étranger. Il faut en dire autant, d'ailleurs, de la
fraction irréductible du catholicisme — des
Ligueurs. Telle était, en effet, la passion religieuse que les calvinistes, pour assurer leur
triomphe, n'hésitèrent pas à accepter le secours
d'Elisabeth d'Angleterre, du roi de Danemark,
de l'Electeur Palatin, tandis que la Ligue ou-
vrait les portes de Paris à une garnison espa-
gnole et laissait entrevoir à Philippe II la
perspective du trône pour sa fille Isabelle.

Cet appel à l'étranger marque le point extrême de la folie qui mit aux prises, dans une guerre fratricide, deux portions d'un même peuple, d'une même race. Il eut pour résultat de susciter, comme une protestation vivante, ce qu'on a appelé le parti des Malcontents ou des Politiques, qui mit au-dessus des rivalités de confession, au-dessus des conflits d'ambition, l'intérêt supérieur de la patrie, C'est dans ce tiers-parti, — le parti des honnêtes gens — que Henri IV, détaché de la Réforme, trouva son meilleur appui. »

Ce qu'on vient de dire du développement de la Réforme laisse voir assez clairement l'importance du rôle de Calvin, — disons mieux, de sa prépondérance. L'histoire impartiale a donné à la Réforme dans les pays de langue française le nom de *Calvinisme*. Rien n'est plus justifié, si l'on prend la peine de réfléchir à ce fait que Calvin a, suivant le mot d'un historien contemporain, organisé la Réforme [a]. D'inorganique qu'elle était avant

----

(a) W. Walker, *John Calvin, the organiser of the reformed protestantism*. 1 vol. in-12. New-York and London, 1907. Traduit par M. et Mme N. Weiss.

lui, il en a fait un être robuste où toutes les parties concourent à une même fin. Il lui a insufflé la vie, sa propre vie, ardente sous ses dehors modestes, et contagieuse, puisqu'elle a, un peu partout, suscité, dressé, comme il l'écrivait, des Eglises.

On ne voit pas bien, par exemple, ce que l'initiative généreuse d'un Lefèvre, d'un Briçonnet, d'une Marguerite de Navarre eût, livrée à elle seule, réalisé. Ou plutôt, on ne le voit que trop. La communauté de Nérac (a) n'était qu'un compromis entre la liturgie fruste du groupe évangélique et les cérémonies somptueuses de l'Eglise catholique. A plus forte raison, si l'on se place au point de vue purement dogmatique, l'enseignement qui s'y distribuait n'avait-il pas la cohésion de la doctrine calviniste, ses dogmes essentiels, ses insuffisances aussi, en un mot son originalité. C'était un accommodement aux exigences de la Sorbonne et à la faiblesse de la foule de ce que, dans le secret du cœur, on savait être vrai. Il s'y pratiquait, au total, une sorte d'ésotérisme, tout à fait incompatible avec l'idée qu'à cette époque on se faisait d'une Eglise, c'est-à-dire d'une communion des

(a) Bourgeon, *La Réforme à Nérac* (1530-1560), 1 vol. in-8. Paris. Sandon et Fischbacher, 1880.

esprits et des cœurs dans une même foi.

Plus encore que cette attitude incertaine dans les voies de la Réformation, l'exemple de l'Eglise de Nérac qui, à tant de titres, s'imposait aux fidèles, autorisait ici ou là les compromissions, les calculs, tout ce que suggérait la peur ou l'humaine prudence, et déterminait bientôt, au témoignage de Th. de Bèze, le premier historiographe de la Réforme, un courant, sinon d'indifférence, au moins de tiédeur, où devait finalement sombrer ce qui, abstraction faite de toute considération confessionnelle, constitue aujourd'hui encore à nos yeux l'originalité de la Réforme française. J'y reviendrai plus amplement, quand il s'agira de décrire, à propos de l'*Excuse*... la crise du Nicodémisme. Mais dès à présent il convient de signaler ici qu'il s'en est fallu de peu, aux environs de 1540, que tout ce qui en France avait subi, dans toutes les classes de la société, l'influence des idées de réforme ne se résorbât en quelque sorte dans une attitude équivoque de demi-soumission à l'Eglise et de protestation secrète contre ses défectuosités.

Qu'il s'agisse simplement du culte et, à plus forte raison, des dogmes fondamentaux, c'est à Calvin que revient l'honneur, — parce qu'il en eut la peine — d'avoir en quelque sorte incarné l'esprit de résistance à ce qu'il considérait, à tort ou à raison, là n'est point présentement le débat, la corruption de l'Eglise catholique, entendons sa différenciation à travers les âges d'avec l'idéal primitif de Jésus.

Car c'est là, comme on le verra à propos des *Traités* que nous présentons aujourd'hui au public, le principal grief que les Réformés adressaient à l'Eglise de la Renaissance. Ils lui reprochaient, en gros, d'avoir dégénéré de son institution première. Ce grief, ainsi que je l'ai établi (ᵃ), revêt, sous la plume des Réformateurs en général et de Calvin en particulier, un triple aspect qui vaut la peine d'être noté ici. L'Eglise est, en premier lieu, *superstitieuse*, dans la mesure où elle a ajouté ses propres « inventions » aux volontés du Christ. Elle est, secondement, *blasphématoire*, en tant qu'elle méconnaît le rôle unique de Jésus, médiateur entre Dieu et les hommes, et lui associe, dans l'œuvre de la rédemption, des collaborateurs en la personne des saints. Elle est, enfin, *idolâtrique*, parce que, du fait de cette substitution de l'homme au Christ-Dieu, elle déplace inconsciemment peut-être l'objet de son adoration.

Ce rôle prépondérant de Calvin, Bossuet, au

______

(ᵃ) Albert Autin, *op. cit.*, Iᵉ partie, chap. II.

siècle suivant, l'a reconnu et dénoncé, car il en fait grief à l'auteur de l'*Institution Chrétienne*..., avec une perspicacité qu'il tient à la fois de son génie et de son zèle : « Par son esprit pénétrant et par ses décisions hardies, il raffina sur tous ceux qui, en ce siècle-là, avaient voulu faire une Eglise nouvelle (a). »

Il fallait, ce me semble, délimiter pour ainsi dire les grandes lignes de l'histoire de la Réforme française, parce qu'elles sont, aujourd'hui encore, assez mal connues du grand public, ou défigurées pour les besoins de la polémique entre théologiens de l'une et l'autre confession. Il s'en dégage une première impression d'ensemble touchant la personne du Réformateur. Ce que la reconnaissance des protestants ou au contraire la rancune des catholiques a communiqué au personnage de surhumaine grandeur ou de bassesse singulière — pour les uns, il est l'envoyé de Dieu ; pour les autres, l'un des grands apostats qui déshonorent l'histoire, — ces fausses lueurs projetées par l'amour ou par la haine sur la face amaigrie de Calvin s'atténuent à la lumière de l'Histoire équitable. Homme avec tout ce que le mot comporte de vertu et de faiblesse, il occupe une

____

(a) Bossuet, *Histoire des variations*, livre IX.

place de premier plan dans l'histoire religieuse de son temps. Cette constatation nous suffira provisoirement.

Il nous reste à évoquer maintenant, de façon plus précise, le milieu où se sont produits les deux traités que nous éditons aujourd'hui. Donnons, comme il convient, tout son sens au mot milieu. Désignons par là, sans doute, les conditions matérielles qui intéressent toujours la curiosité d'un lecteur moderne ; mais surtout l'ensemble des idées et des sentiments, en fonction desquels ces ouvrages ont été conçus et réalisés. Il y a, en effet, surtout lorsqu'il s'agit d'ouvrages religieux, une ambiance, une atmosphère qui ne suffit pas à expliquer le livre, mais qui en éclaire la signification, en précise la portée ou l'influence. Cette sorte d'écrits offrent, plus qu'aucun autre, le caractère d'avoir été « vécus ». Le *Traité des Reliques*, en particulier, et l'*Excuse...* ont besoin, pour dégager aujourd'hui toute leur saveur, d'être en quelque sorte replacés dans les circonstances historiques qui les ont vu naître.

Ce sera, si l'on veut bien, l'objet des deux chapitres suivants.

Le traité des Reliques.

Peut-être n'est-il pas inutile, toujours dans le dessein d'éclairer notre exposé, de rappeler la place qu'occupe, dans la théologie catholique, le culte des saints, en général, et celui des reliques en particulier. Nous dirons ensuite quelles objections, ou quels griefs les Réformés ont adressés à la croyance et à la pratique catholique. Le traité de Calvin prendra toute son importance : nous l'analyserons, puis nous en étudierons la valeur objective, et l'influence.

La théologie catholique peut se ramener, dans ses grandes lignes, aux propositions suivantes :

1° Dieu a créé l'homme par pure bonté, et l'a établi dans état de sainteté et de bonheur, — de perfection.

2° L'homme, par sa faute, a compromis cet état. Il conserve néanmoins la liberté, atténuée, dit le concile de Trente, mais non éteinte.

3° Il peut, avec l'aide ou la grâce de Dieu, opérer ici-bas son salut éternel.

4° Cette grâce lui est offerte, sous les espèces des sacrements, dans l'Eglise instituée par

Jésus-Christ, Homme et Dieu tout ensemble et, à ce titre, Médiateur ou « Moyenneur » entre la terre et le ciel, entre l'humanité et la divinité.

5° Quand il a reçu la grâce, le fidèle doit y correspondre. Il a deux moyens. Ou bien, il accomplit lui-même, dans des conditions déterminées, certaines œuvres : aumônes, jeûnes, vœux, etc... Ou bien il se réclame, pour assurer son salut, du mérite des saints. S'il s'adresse directement à ces. derniers, c'est l'invocation proprement dite ; si, dans les prières qu'il lance au ciel, il s'autorise de leur crédit, ce sont les indulgences.

Ce n'est sans doute pas le lieu d'opposer, point par point, au *credo* catholique le *credo* réformé. Je renvoie au travail déjà cité. En gros, voici la conception calviniste. L'homme, créé par Dieu dans un état de sainteté, est totalement déchu. Il ne saurait, de lui-même, opérer son salut. Dieu seul, par l'application des mérites de son fils, Jésus-Christ, sauve qui lui plaît, damne qui il veut. Cette justification consiste dans la foi, qu'il accorde aux élus et refuse aux damnés. Elle est éternelle, antérieure aux actes ; mais elle les commande tout ensemble. Pratiquement, elle consiste dans la connaissance de l'Evangile. Le fidèle, c'est celui

qui est sauvé ; c'est celui qui, lisant la Bible,
y trouve la condamnation du papisme.

Touchant le culte des saints, voici en quels
termes j'ai résumé ailleurs l'attitude des
Réformés :

« D'une part, en ce qu'elle a de négatif, on
peut ramener la doctrine à ceci. Les saints,
isolés dans leur béatitude, n'auraient pas com-
munication avec nous. Ils seraient impuissants
à intervenir dans l'œuvre de notre salut. Le
leur demander, c'est faire injure au Christ, qui
est seul « moyenneur » ; c'est aussi leur faire
déplaisir, car ils n'ont point de telles prétentions. Quant au culte que nous leur rendons,
il ne serait ni plus ni moins qu'idolâtrique. Il
ne nous reste donc qu'à « ensuyvre », entendons, à imiter leurs vertus. C'est la partie
positive ou affirmative. Nous sommes loin de
l'orthodoxie catholique et des dévotions sécu-
laires de nos pères du moyen-âge. »

Sur le point particulier des reliques, voici
encore, au point de vue orthodoxe, quelques
précisions. Le fidèle honore, en principe, les
restes corporels des bienheureux, parce qu'ils
ont été les temples du Saint-Esprit et sont des-
tinés à la résurrection glorieuse. Il étend ces
honneurs aux objets matériels qui leur ont
appartenu, ou qui ont touché, à un titre ou à

un autre, la châsse où ils reposent. Il ne s'agit, bien entendu, que d'un sentiment de vénération, — ou de respect. Mais que ce sentiment se soit vite transformé et corrompu ; qu'il soit devenu, à cause de la matérialité de l'objet où il s'adressait, prédominant, exclusif ; qu'il ait peu à peu constitué, chez les âmes simples, l'essentiel de la religion*, il suffit, pour s'en convaincre, d'évoquer la place qu'occupaient, dans la vie catholique, au moyen-âge, les saints protecteurs. Individus, corporations, cités, provinces, tous avaient leur patron, avec sa liturgie, on est tenté de dire avec son culte, qui souvent offusquait Dieu lui-même.

C'est en effet beaucoup plus sur le sujet de l'invocation des saints que sur le libre-arbitre ou la justification par la foi que s'est exercée la discussion religieuse, au moins dans la masse des fidèles. Tout ce qui sentait la métaphysique fut abandonné aux disputes des docteurs : en revanche on prit parti avec la dernière violence pour ou contre les statues et les reliques. Voici en quels termes s'exprimait un prédicateur : « Si les os de saint Pierre étaient en mon église, je les ferais porter honorablement en terre ; mais si mes paroissiens allaient les révérer, moi-même je les porterais en un sac

à la rivière (ª). » D'autres soulignaient, avec
esprit, certaines pratiques : « Puis se moquant
des dites images, vint [le prédicateur] à faire
ce conte qu'il y avait une bonne femme qui
avait fait les prières devant le nouveau crucifix
et n'obtint [pas] pour lors ses demandes... Puis
s'en alla au vieux crucifix et fit encore les
prières, et pour lors la dite femme obtint ce
qu'elle demandait..., et que la dite femme vint
à dire : « Encore n'est-il que les vieux saints (ᵇ) ! »
Enfin, on signalait certaines aberrations du
sens religieux, qui se produisaient à l'occasion
du culte des saints. Le même prédicateur disait,
un jour : « Tu seras scandalisé plus de voir
abattre une image de pierre que de voir mourir
de faim un homme, *qui est l'image de Jésus-
Christ* ([1]) ». — Aux excès de langage et aux
manifestations des iconoclastes répondaient, en
manière de défi, les processions expiatoires
des croyants, bannières au vent, vers les car-
refours témoins des profanations. Des sermons
orthodoxes confirmaient la multitude dans la
foi. Et c'est en définitive, à propos du culte
des saints, que la Réforme s'est heurtée le plus

(ª) D'Argentré, *Collectio judiciorum de novis erroribus*,
II, p. 130.
(ᵇ) D'Argentré, II, p. 101.

violemment peut-être, chez nos aïeux, au tempérament national.

Entre beaucoup d'autres, nous citerons, à titre d'exemple et pour illustrer ce qui vient d'être dit, les faits suivants : « Le 21 mai 1530, on trouve rue Aubry-le-Boucher une image de la Vierge mutilée. Quelques luthériens crevèrent les yeux à l'image de Notre-Dame et de son Enfant, et leur percèrent le cœur, et si [ainsi] leur donnèrent plusieurs coups de couteau, et aussi aux deux images de St Roch et de St Fiacre, icelles images étant peintes et mises en plat contre une maison (a). »

Et il est possible, comme le prétend de Bèze, que des catholiques se rendissent coupables de ces profanations pour provoquer ou justifier des représailles. Mais la logique de la foi calviniste aboutissait, elle aussi, à ces manifestations. Des martyrs ont revendiqué devant les juges l'honneur d'avoir mutilé des statues ou lacéré des images.

Tel était l'état des esprits, quand Calvin intervint de toute son autorité dans le débat par son *Traité des Reliques*.

Ce traité est de 1543. Le titre exact en est : *Advertissement très utile du grand proffit qui*

____

(a) *Bulletin de la Société d'Histoire du Protestantisme,* tome LII. p. 112.

*reviendroit à la chrestienté s'il se faisoit un inven-
toire de tous les corps saincts et reliques, qui
sont tant en Italie qu'en France, Allemaigne,
Hespaigne et aultres royaumes et pays, par M.
Jehan Calvin.* C'était, comme on le voit, moins
un traité proprement dogmatique qu'une sorte
d'enquête, ou plus exactement un projet d'enquête touchant l'authenticité des reliques, alors
exposées à la vénération des fidèles.

Voici, à ce sujet, le témoignage des contemporains. A la vérité de Bèze, dans sa vie latine
de Calvin (a), n'en fait point mention. Mais
dans la version française de 1565, due à Colladon, on trouve le passage suivant qui précise
le sens et indique la portée de l'ouvrage :
« Audit an [1543] il composa en français un
petit livre d'avertissement .que ce seroit un
grand profit de faire un inventaire de toutes,
les reliques desquelles les papistes font cas,
tant en France qu'Italie, Allemagne, Espagne
et autres pays. Là, il découvre non seulement
l'abus et l'idolâtrie qui s'y commet, mais aussi.

(a) Th. de Bèze a écrit une vie de Calvin, qui servit de
préface, en 1564, au *Commentaire sur le livre de Josué,*
œuvre posthume du Réformateur. Nicolas Colladon en
donna une nouvelle édition, augmentée, en 1565 ; enfin,
Th. de Bèze publia, en 1575, une biographie de Calvin,
en latin. On trouve ces trois biographies dans les
Opera Calvini, tome XXI.

les mensonges tout évidents des prêtres, quand en divers temples, villes et pays, les uns et les autres se disent avoir une même chose. Or, il n'a pas compris le tout [épuisé la question], mais seulement amené quelques exemples, combien que [encore que] ce soit en assez bon nombre et des choses qu'on ne peut nier. Cependant son intention était d'augmenter le dit livre, si des dits pays il eût pu être averti d'autres semblables pièces, comme il y en a infinies, outre [sans parler de] celles dont il fait mention. Et de fait, souvent en se riant il tansait [blâmait] aucuns de ses familiers et amis de ce qu'ils n'avaient procuré [le moyen] de recouvrer plus ample mémoire de telles choses. Toutefois, quant à la France, il n'y a plus guères à craindre en cet endroit-là, Dieu merci. Car la guerre a été tellement occasion d'ôter, arracher et briser tant de ce fatras, qu'il ne reste plus sinon de [qu'à] prier Dieu qu'il lui plaise, par un moyen plus doux, aux peuples ôter ce qui en est encore demeuré ou en France, ou aux autres pays. »

A cette date, 1543, Calvin, malgré des résistances locales, sent s'affermir à Genève son autorité. Plus encore qu'à Genève, il a le sentiment qu'en France on attend de lui une direction. Sa correspondance en fait foi. On lui écrit de toutes parts pour lui demander des conseils ; certains, les plus favorisés, entreprennent le voyage, s'installent, s'ils le peuvent, et, du moins, s'en retournent fortifiés par le commerce du Réformateur. La nouvelle Eglise s'ébauche, se consolide de jour en jour. Elle s'offre, à quiconque a été justifié, comme un asile, comme la Jérusalem véritable. Rome et les pays de son obédience constituent la terre d'Egypte, d'où il faut fuir coûte que coûte.

C'est sans doute ce contact avec les fidèles de tous pays, — surtout ceux de France, — qui a suggéré à Calvin l'idée non seulement d'écrire un traité en quelque sorte dogmatique, mais d'esquisser une enquête touchant le culte des saints dans les différentes régions, où la Réforme s'implantait

Le traité ainsi conçu se prête mal à l'analyse. Aussi bien le lecteur aura-t-il l'occasion d'en prendre connaissance plus loin. Toutefois, nous donnons ici, pour servir en quelque sorte de fil conducteur, la suite des idées, leur enchaînement aussi.

Calvin s'autorise d'un mot de St Augustin pour constater que les abus dont il se plaint remontent fort loin dans l'histoire de l'Eglise. Il dénonce le matérialisme qui, « au lieu de chercher Jésus en sa parole..., s'est amusé à ses robes, chemises et drapeaux. » Il connaît les prétextes dont on a toujours coloré ces pratiques : il s'agit, dit-on, d'honorer les saints. Dangereuse pratique, en vérité, « car c'est une chose bien rare d'avoir le cœur adonné à quelque relique que soit, qu'on [sans qu'on] ne se contamine et se pollue quant et quant [en même temps] de quelque superstition. » En fait, le peuple chrétien adore aujourd'hui les reliques, dit Calvin. Bien plus, il ne se contente pas de celles qui sont authentiques. Il en invente, il en fabrique ; du moins, on lui en fabrique. C'est d'ailleurs « une juste punition de Dieu. » Le Réformateur met donc le fidèle en garde contre ces falsifications. Il propose qu'on vérifie, dans la mesure du possible, l'authenticité des reliques. Il insiste sur l'espèce d'aveuglement qui saisit le chrétien devant un reliquaire : « car plusieurs ferment les yeux par superstition. » Qu'on établisse donc des « registres », qu'on fasse un « dénombrement », des « inventaires ». De cet état, jaillira par comparaison la liste des doubles. — Ce serait, s'ils le voulaient, « l'office » des princes chrétiens. — Et, à l'aventure, l'auteur propose l'ordre à suivre dans cette enquête. Jésus-Christ, d'abord. Là-dessus, Calvin fait une critique assez serrée de l'Evangile, au point de vue des reliques qui sont rattachées à la personne de Jésus, depuis sa naissance jusqu'à sa mort ; il s'attarde notamment aux instruments de la Passion. Il passe ensuite à Notre-Dame, à saint Michel, à saint Jean-Baptiste, aux apôtres et plus spécialement à saint Pierre et à saint Jean. Et c'est maintenant le tour du Lazare, de Madeleine, de Longin, de saint Denis, de saint Etienne. Il n'oublie pas les saints Innocents. Puis viennent les martyrs : saint Laurent, saint Gervais, saint Protais, saint Sébastien, saint Antoine, sainte Pétronille, et, pêle-mêle, nombre de personnages dont le nom revient souvent dans les légendes hagiographiques. L'auteur proteste en terminant qu'il n'a pas donné un état rigoureux des abus en cette matière. Il ne dispose pas de « commissaires ». Il a seulement voulu ouvrir les yeux aux âmes de bonne volonté. Il les exhorte instamment à entendre la vérité et à revenir, sur ce chapitre, à la simplicité des mœurs de l'Ancien Testament et de l'Eglise primitive.

Sur cette trame un peu lâche, comme on le voit, Calvin a inscrit une œuvre forte. Sans doute ce n'est point la dissertation avec ses déductions rigoureuses, avec ses conclusions indiscutables et qui emportent l'adhésion. Ici, c'est la dialectique souple de la causerie, au cours sinueux, sans plan arrêté, mais qui, en dépit des longueurs, va à son but, obstinément, et emporte, chemin faisant, grâce à son pittoresque, la conviction du lecteur. Un principe, et, justifiant le principe, le confirmant amplement, des faits, une multitude de faits, indiqués plutôt qu'analysés et utilisés à l'appui du principe. Mais, jusque dans cette nomenclature un peu molle au premier regard, un ordre secret, d'une logique impitoyable, et, se dégageant de cet exposé un peu abondant, çà et là, des vues pénétrantes que la critique moderne a confirmées ([a]).

Je ne citerai ici qu'un exemple. Il s'agit du Lazare et de ses sœurs : « Qui voudroit avoir certitude de cela, écrit Calvin, il s'enquerrait, pour le premier [d'abord], à savoir si le Lazare et ses sœurs Marthe et Madeleine sont jamais venues en France pour prêcher. » Et c'est, déjà soulevée, toute la question de l'apostolicité des églises de France, qui a fait couler, au XIXᵉ siècle, tant de flots d'encre et de haine.

Le *Traité des Reliques*, puisque cette appellation a prévalu, s'apparente dans l'œuvre de Calvin, aux pamphlets. Mais il importe

---

([a]) Voir la Bibliographie.

d'ajouter aussitôt que, parmi les pamphlets, il représente le genre grave. Sans doute l'auteur se moque ; mais la matière est, à ses yeux, si importante qu'il ne dépasse pas — par respect pour son sujet autant que pour son lecteur — le ton de l'ironie. Non point certes, l'ironie ailée, presque aérienne, des conteurs philosophes du XVIII° siècle ou de nos jours. Qu'on lise, par exemple, sous la plume de Jules Lemaître : *Sérénus, un martyr sans la foi*. L'on sentira, du même coup, tout ce qui sépare l'indignation d'un Calvin du scepticisme d'un critique, au XIX° siècle. Calvin ne se moque que dans la mesure où il espère que la dérision arrachera son lecteur à la superstition de ces reliques, venues le plus souvent on ne sait d'où et exposées à la vénération publique, à des quantités d'exemplaires. Nous sommes avec le *Traité des Reliques*, en pays de foi. La polémique s'y mêle, mais ne l'altère pas. Un critique l'a heureusement défini « un pamphlet théologique (a). »

Y a-t-il vraiment, dans ces pages, ce que des éditeurs protestants appellent une « vaste érudition » ? Le mot semble excessif. Ce catalogue décèle, chez le Réformateur, plus de

(a) Lénient. *La satire en France au XVI° siècle*, II, ch. II, p. 176.

curiosité que de vraie science, au sens où nous prenons aujourd'hui le terme. La rumeur publique, le commerce suivi qu'il entretenait avec une multitude d'Eglises, en Europe, ce qu'il avait lu lui-même dans les livres catholiques ou observé au cours de ses voyages, tout cela a fourni la matière de son livre. Encore un coup, les faits ne viennent ici qu'à titre d'arguments, et non pour eux-mêmes. Ils sont présentés avec ordre, mais dans un ordre plus oratoire ou scolastique que proprement scientifique. Disons-le nettement, puisqu'il s'agit ici d'une édition offerte aux libres esprits, plus curieux de la pensée de Calvin sous ses aspects multiples que de la doctrine dont il s'est fait le théoricien ou le défenseur. L'auteur a eu le pressentiment de ce que la critique pourrait un jour tirer de cet argument pour l'opposer à l'Eglise romaine. Mais il a exploité cet argument du point de vue *dévotion* plus que du point de vue *histoire*.

En effet, Calvin n'a point perçu, ou, s'il l'a perçu, n'a point exprimé ce qu'il y a d'ingénieux et de profond, pour ne point dire d'essentiellement moderne dans le dogme de la communion des saints, et par suite dans le culte qui leur est rendu. Newmann, par exemple, sans méconnaître les déformations qui devaient presque fatalement entacher ce culte, notamment celui de la Vierge, a montré une intelligence plus exacte du phénomène psychologique qui, dans la masse des croyants, associe à l'idée abstraite de la divinité les formes tangibles d'une humanité supérieure (a). Rappelons également l'ouvrage d'un autre théologien anglais, le P. Tyrrel, *la Religion extérieure*, (b) qui, sans nier lui aussi les dangers du formalisme religieux, justifiait du point de vue de la pyschologie le côté extérieur des religions.

En d'autres termes, le *traité des Reliques* réduit par Calvin aux proportions d'un pamphlet, escamote, si l'on peut dire, un des problèmes importants que posait, au xvie siècle, l'Eglise romaine et la pratique constante de la catholicité.

Il demeure vrai, en tout cas, que littérairement ce traité est une belle œuvre. Une dialectique puissante soutient cet exposé au premier abord un peu aride. Elle l'anime, elle le vivifie, elle lui communique une variété de tons qui entretient l'intérêt, le renouvelle et

(a) *La pensée de Newmann* (textes et traduction), par Fr. Delattre. Paris, Payot, in-16, pp. 249 et suiv.

(b) Tyrrel, *La religion extérieure*, traduction, A. Léger. Paris, Lethielleux, in-16. 4e et 5e conférences.

offre tour à tour l'âpreté d'un réquisitoire ou
l'ironie contenue d'une satire. La pensée en
est, à vrai dire, assez simple. Le premier argument dont se réclame l'auteur, consiste à montrer que ni l'Ecriture ni la pratique de l'Eglise
primitive n'autorise la vénération des reliques.
« Or, l'Evangile ne le dit pas ». Et ailleurs
« Saint Jean-Baptiste, selon l'histoire évangélique, c'est-à-dire la vérité, après avoir été
décollé [décapité], fut enterré par ses disciples. »
Notez, s'il vous plaît, l'expression : l'Evangile,
c'est-à-dire la vérité telle que Dieu l'a formulée.
A ce témoignage fondamental s'ajoute, pour
le corroborer, celui des premiers historiogra-
phes de l'Eglise, « Théodore, chroniqueur
ancien... » ; Eusèbe, avec son Histoire ecclésiastique ; « puis celui des Patriarches et des Prophètes de l'Ancien Testament. « Si quelqu'un
n'est pas content de cela, qu'il regarde l'usage
des Pères anciens... »

A ce que Calvin appelle « les témoignages
de l'Ecriture », il ajoute des « raisons » Entendez, que cette contradiction qu'il découvre,
ou croit découvrir, de l'Eglise romaine à l'Evangile, il la développe, il en souligne les différents aspects, avec une verve inlassable. Il s'y
met de toute sa personne : « Je vous prie,...
je vous demande... je voudrais savoir... », avec

ses souvenirs d'enfance, dont il est à l'ordinaire si parcimonieux. « Il me souvient de ce que j'ai vu faire aux marmousets de ma paroisse, étant enfant... » Il argumente avec un entêtement de Picard et de théologien tout ensemble. Tous les tours lui paraissent bons, s'il s'agit de confondre ses adversaires. Les anachronismes, les impossibilités matérielles ou morales, les aspects scandaleux ou simplement amusants de la supercherie en matière de reliques, il les énumère, les tourne et retourne avec une complaisance singulière sous les yeux du lecteur. La chasuble de saint Pierre, la dalmatique de saint Laurent, pour prendre ces deux exemples, avec quelle verve il fait observer qu'on ignorait, parmi les apôtres et la première génération, ces sortes de vêtements, aussi bien que les cérémonies auxquelles ils servent aujourd'hui. Mais où il excelle, c'est dans les supputations, les calculs auxquels il se livre. Tel saint, deux corps ; tel autre, trois têtes ; et, à ce propos, l'humaniste qu'était Calvin évoque la fable de Géryon. « Le Lazare n'a que trois corps », et il ajoute « que je sache... Parce que la Madeleine était femme, il fallait qu'elle fût inférieure à son frère. Par conséquent, elle n'en a eu que deux [corps]... » Et les discussions soit

entre cités; soit entre deux ordres, il faut lire,
dans le *Traité*, l'âpreté que chacun y apporte,
les démentis qu'on s'oppose, le différend porté
à Rome, et la cause demeurant « douteuse »,
c'est-à-dire sans décision.

La conclusion, vous la devinez. En premier
lieu, les prêtres sont des imposteurs, des
« abuseurs », des « séducteurs ». Ils inventent,
controuvent, forgent — les mots abondent
sous la plume du pamphlétaire. Ce sont des
« alchimistes ». Ils mentent « à gueule déployée »
Et Calvin, s'abandonnant à son indignation,
les traite de cafards, de bêtes, d'ânes — que
sais-je encore ? Ensuite, ce que le fidèle vénère
ou adore, — car Calvin n'admet pas qu'on
puisse vénérer sans adorer —, ce sont des objets
indignes de ce culte — adoration ou vénération. Ici, c'est le fer de la lance qui, présenté
à quatre exemplaires, a dû être « forgé » de
nouveau. L'auteur n'a point reculé devant un
mauvais jeu de mots. Ce sont les morceaux
de la vraie croix, si nombreux que, « si l'on
voulait ramasser tout ce qui s'en est trouvé,
il y aurait la charge d'un bon grand bateau ».
Pareillement, la couronne d'épines, « dont les
pièces [morceaux] ont dû être replantées pour
reverdir ; autrement je ne sais (explique
Calvin) comment elle pourrait être ainsi aug-

mentée. » Il y a douze ou quinze suaires. Mais le plus grave, sans doute, c'est, quand il s'agit du corps même des saints qu'on leur substitue, pour satisfaire tout le monde, des os « de quelque brigand ou larron, ou bien d'un âne, ou d'un chien, ou d'un cheval. » De même, on ne saurait baiser un anneau ayant appartenu à la Vierge, aucune ceinture, sans s'exposer au risque de vénérer les défroques d'une prostituée.

Là-dessus, il faut craindre que Calvin n'ait accueilli trop complaisamment, parce qu'elles servaient sa cause, les histoires les plus extravagantes. Certes, ce que nous savons par ailleurs du scandaleux commerce auquel se livraient les gens d'Eglise, n'infirme point sa thèse. L'âpreté même de ses critiques aura contribué, pour une part, à la réforme des mœurs ecclésiastiques, en cette matière. Tout de même, le lecteur moderne se prend parfois à se demander s'il n'est pas victime d'une plaisanterie. L'atmosphère du pamphlet se prête mal à un exposé strictement objectif, tel qu'on le voudrait dans un procès aussi important que celui-là. Nous soupçonnons l'auteur d'être enclin, malgré ses protestations de n'avoir pas tout dit, à accepter au contraire, d'où qu'ils viennent et sans contrôle — il n'a

pas, avoue-t-il, de « commissaires » — les
contes les plus ahurissants. Qu'il y ait eu, un
peu partout, une sorte de foire aux reliques,
ou aux rogatons; le fait n'est que trop
démontré ; et certains sanctuaires, aujourd'hui
encore, offrent ce lamentable spectacle. S'ensuit-il que le culte des saints, et, plus particulièrement, le culte des reliques, dans des conditions déterminées d'authenticité, soit aussi
étranger que le prétend l'auteur du *Traité*, à
la véritable religion ?

Car enfin qui niera, en notre siècle de curiosité rétrospective, qu'un intérêt s'attache, non
seulement historique, mais spirituel, ou moral,
(si l'on préfère) à tout ce qui toucha les héros
de l'histoire, politique, sociale aussi bien que
religieuse ? Nos musées, avec les reconstitu-
tions minutieuses de ce qui marqua matérielle-
ment la vie de nos grands hommes, qu'est-ce,
je vous prie, sinon une forme incoercible,
parce qu'humaine, du besoin d'admirer ou de
vénérer ; et, aussi de toucher l'objet qui pro-
voque notre admiration, ou notre vénération ?

Que le *Traité des Reliques* ne dépasse pas
l'importance d'un pamphlet, amusant, spirituel, mais discutable dans la mesure précisément où il est un pamphlet, c'est ce que j'ai
voulu marquer ici, — par réaction contre des

admirateurs indiscrets, qui ne résistent pas à la tentation d'y voir un tableau strictement historique et, comme ils disent, une œuvre de « vaste érudition ». La valeur littéraire en est incontestable. C'est sa valeur documentaire qui, aux yeux d'une critique exigeante, n'offre pas les mêmes garanties.

L'Excuse à Messieurs les Nicodémites...

L'Excuse appartient à un groupe d'écrits qui porta, lors de la publication en 1549, le titre collectif : *De vitandis superstitionibus*, c'est-à-dire, de l'obligation où se trouve le fidèle de fuir la superstition.

On a cru longtemps, sur la foi de Th. de Bèze, que ces divers traités avaient effectivement vu le jour en même temps. Voici le texte en question, que je traduis du latin pour la commodité du lecteur : « Il y avait alors, en France, un certain nombre de gens qui, tombés dès le commencement par crainte des superstitions, s'étaient dans la suite si bien complu qu'ils niaient qu'il y eût péché à adhérer à la vraie religion, tout en continuant de participer de corps aux cérémonies en usage dans l'Eglise romaine. Cette erreur, extrêmement pernicieuse, avait été condamnée autrefois par les Pères. Calvin, dont ces gens-là blâmaient l'excessive sévérité, les réfuta à son tour dans un écrit plein de saveur ; puis, s'autorisant de l'opinion de très savants théologiens, Ph. Mélanchton, Bucer, Pierre Martyr, et de celle de l'Église de Zurich, il les réprimanda si bien qu'à partir de cette époque tous les gens pieux eurent en abomination le nom de Nicodémites. On appelait ainsi ceux qui abritaient leur erreur sous l'exemple de ce saint homme ([a]). »

En vérité, Colladon marque plus nettement, dans sa version de la vie de Calvin, qu'il y a eu publication successive : « L'an 1545, écrit-il [Calvin] fit un traité [montrant] comment l'homme fidèle se doit gouverner entre [parmi] les papistes, sans communiquer [participer] à leurs superstitions. Auquel [traité] est ajouté une Excuse contre les répliques de ceux qui se couvraient faussement du titre d'être Nicodémites, et l'avis de M. Ph. Mélanchton... Item, deux épîtres dudit Calvin, écrites l'an 1546, et l'avis de l'Eglise de Zurich, fait l'an 1549 ([b]). »

____

([a]) *Vita Calvini*, par Th. de Bèze. *Opera*, tome XXI.
([b]) *Vie de Calvin* par Colladon. *Opera*, tome XXI.

La confusion s'est prolongée jusqu'au XIXᵉ siècle. Alf. Franck, éditant la vie de Calvin par Colladon, voit dans les deux épîtres ci-dessus désignées deux sermons qui auraient été prononcés par Calvin, à Genève. Paul Lacroix voit, dans le traitée *De vitandis...* la traduction française d'une version latine de ces deux Épîtres.

Les savants éditeurs du *Corpus Reformatorum* ont restitué avec sagacité l'ordre chronologique dans lequel se sont produits les différents ouvrages qui figurent sous la dénomination commune : *De vitandis superstitionibus...* Ils ont marqué avec précision les dates extrêmes 1543-1549.

Une brève esquisse de ce que j'ai appelé ailleurs *la Crise du Nicodémisme* confirmera ce que la critique interne des textes en question avait démontré aux éditeurs des *Opera Calvini*.

J'ai emprunté le mot à Calvin, précisément dans le traité qu'on trouvera plus loin. Le Réformateur de son côté l'avait pris à l'Evangile selon Jean, notamment à l'épisode où il est raconté qu'un membre du sanhédrin, Nicodème, s'était rendu de nuit auprès de Jésus, — sans doute par peur de se compromettre auprès de ses collègues.

Cette attitude érigée, au xvi⁰ siècle, en règle de conduite par nombre de chrétiens qui avaient d'abord été touchés par le désir de réformes dans l'Eglise a failli compromettre l'orientation du Calvinisme vers le schisme.

Nous possédons là-dessus le témoignage irrécusable de l'Histoire des Eglises Réformées. Voici ce que note l'auteur, aux environs de 1535 : « Le plus grand mal fut que la plupart de l'étude [zèle] des grands fut de s'accommoder à l'humeur du roi, et peu à peu s'éloignèrent tellement de l'étude des saintes lettres que finalement sont devenus pires que les autres, voire même [jusqu'à] la reine de Navarre, commençant de se [com]porter tout autrement, se plongeant aux idolâtries : non pas qu'elle approuvât telles superstitions en son cœur ; mais d'autant que Ruffi [Roussel] et autres semblables *lui persuadaient que c'étaient choses indifférentes* (a) ».

Comment s'explique l'attitude des Nicodémites ? S'il fallait en croire les Calvinistes, cette attitude ne s'expliquerait que par des pensées basses et des calculs intéressés. Toutes les interprétations se rencontrent à leur sujet, depuis les plus faciles, entendons la calomnie

____

(a) Th. de Bèze, *Histoire des Eglises réformées,* (Edition de Toulouse, 1883), I, 37.

pure et simple, jusqu'à celles qui exigeaient de la part d'un adversaire, sinon de la sympathie, au moins un effort réel d'intelligence et d'impartialité.

Voici comment un ancien moine explique la conduite de la reine de Navarre et de ses amis : « Environ l'an 1526, dame Marguerite, sœur du roy François premier de ce nom, fit tant par de subtils et obscurs moyens qu'elle retira de Strasbourg les compagnons de Farel... Iceux s'en retournèrent en France, *esperans sous couleur et ombre de l'Evangile crocheter des eveschés, abbayes et aultres bénéfices du Pape*, par la faveur de ladite Reyne ». Voilà l'insinuation perfide. Et voici, à défaut de preuves, des allégations qui peuvent en tenir lieu pour un lecteur peu exigeant en matière de critique. Froment continue : « Et de fait, elle fit avoir à Gérard Ruffi (Roussel) une abbaye, et depuis l'evesché d'Oléron en Saintonge, et à Michel d'Arande, qui autrefois avait été hermite, elle fit avoir l'evesché de Saint-Paul en Dauphiné [a]. »

Le lecteur aura, je pense, saisi sur le vif le

---

[a] Froment (Anthoine), *Les actes et gestes merveilleux de la cité de Genève, nouvellement convertie à l'Evangile, faicts du temps de leur réformation, commençant l'an 1532...* Edit. Revilliod, 1854.

procédé. Il consiste dans des allégations vagues,
et qui ne résistent pas à un examen sérieux —
« par de subtils et occultes moyens » — ; dans
des imputations gratuites et qui, en particulier
pour Gérard Roussel, sont contredites par une
existence d'honneur et de probité — « esperans
crocheter des eveschés, abbayes et aultres bénéfices » — ; enfin dans le rapprochement arbi-
traire de ces intentions supposées et de faits
réels.

On retrouve l'écho de ces propos qui sentent
la rue ou l'échoppe dans une lettre adressée par
Calvin à Marguerite de Navarre. Elle vise les
mêmes personnages, et il n'est pas étonnant
que leur conduite y soit interprétée de la même
façon. L'auteur entreprend de détacher la reine
de ces mystiques, qui se refusent à entrer dans
la voie du schisme : « Mais, en abjurant et
retournant baiser la pantoufle de ce grand
serrurier [le Pape, allusion aux clefs de saint
Pierre], adversaire de Jésus, [ces gens-là] sont
vénéficiés [pourvus de bénéfices], prébendés,
rentés, couronnés et mitrés, voire, qui pis est,
sous ombre de l'Evangile (a). »

C'est, comme on le voit, repris et développé
avec une verve, où il y a bien de l'emportement,

____

(a) Herminjard, *Correspondance des Réformateurs dans
les pays de langue française*, tom. V, p. 299.

l'accusation que Froment formulait contre
Roussel et ses amis, et qui consiste à « crocheter des éveschés ». On ne se montre pas
plus injuste ni plus déloyal envers un adversaire. Mais l'esprit du temps explique, chez
Calvin lui-même, ces excès.

Toutefois, il est intelligent et soucieux de
bien connaître ses adversaires, pour les mieux
combattre. Il se rend compte à part soi que ces
calculs intéressés, fussent-ils vrais, se couvri-
raient au moins d'un prétexte ou d'un voile.
Et il rapporte, pour les avoir entendus lui-
même ou recueillis de la bouche d'un tiers,
ces arguments : « Mais, disent-ils·[Roussel et
les autres], un aultre le feroit aussi, et mieux
vaut que je le fasse que les infidèles [ceux qui
n'ont pas été touchés de la grâce]. Car je pres-
cherai, je endoctrinerai, je baillerai bon
exemple, j'en ferai des biens, retirant les
povres frères persécutés [les accueillant] ; et
aussi ne s'en ferait-on ne plus ne moins sans
moi, mais cependant je pourrai crocheter un
evesché. »

Négligeons le trait de la fin, qui n'est qu'une
reprise de l'imputation portée par Froment.
Intéressés ou non, ces gens-là sont à tout le
moins en mesure de justifier leur attitude en
matière religieuse autrement que par un aveu

d'égoïsme. Ils considèrent que, dans l'état actuel des choses, leur réserve, leurs atermoiements, s'ils ne sont pas strictement conformes aux exigences de l'Evangile, ont, en revanche, l'avantage de sauvegarder les intérêts de ceux qui adhèrent pleinement à l'Evangile. Ils acceptent ce rôle ingrat. Ils consentent à être méconnus, à être accusés, tant à droite qu'à gauche, de tiédeur. Ils s'y résignent. Ils seront l'arrière-garde qui se sacrifie pour sauver le gros de l'armée. Le calcul, puisque calcul il y a, offre l'avantage de ne pas profiter exclusivement à celui qui le fait, mais d'étendre son bienfait à ceux qui professent ouvertement la foi nouvelle. On devine ici une argumentation objective.

Voici une troisième interprétation. Elle émane de Farel, le disciple émancipé de Lefèvre et le messager de la Réforme à Genève. N'attendons pas qu'il soit équitable. Farel est un apôtre, et, à ce titre, il est partial. En revanche, il est intelligent et nous épargnera les explications simplistes d'un Froment. La lettre est écrite en latin : j'en traduis les passages essentiels : — « Certes ceux qui dirigent le mouvement en France doivent être exhortés à ne pas pourrir dans leurs péchés. Car, loin de confesser leur erreur, ces gens-là en viennent, après avoir méconnu la vérité, à ériger leur impiété en culte véritable. » — Il continue en ces termes : « Il en est qui tombent, faute d'avoir été assez affermis dans la foi. C'est le petit nombre. D'autres en quantité sont sortis de l'épreuve plus fidèles que jamais... Mais j'en sais beaucoup plus qui, dans le temps même qu'ils barbottent dans la boue, et s'imaginent ne point mal faire, ont fini par perdre toute piété et ont fait naufrage dans la foi. Ces gens-là sont exclusivement appliqués à plaire aux hommes ; ils se laissent porter où souffle le vent ; ils sont un scandale pour tous. » — Et encore, plus loin : « Je me suis rendu compte avec gémissement qu'il n'est personne, en France, qui soit pire et qui fasse plus obstacle à la piété que ces gens qui ont la réputation de prendre parti pour la parole de Dieu et d'être bien disposés à l'égard de l'Evangile (a). »

Désir de plaire ou, ce qui revient au même, crainte de déplaire aux puissants, voilà une première explication. En voici une seconde, qui est le souci d'éviter le scandale.

C'est en définitive à cette explication que s'arrête Calvin, quand il ne se laisse pas emporter par la violence de son humeur : « Que dirai-

____

(a) Herminjard, *Correspondance...*, VII, p. 240.

je, écrit-il en 1544, de ceux qui, après avoir
goûté le don de Dieu, au lieu de s'opposer,
comme ils le devraient, de toutes leurs forces à
un tyrannie insupportable, dissimulent au contraire, malgré le sentiment qu'ils en ont, l'état
malheureux de l'Eglise ? Par égard pour leur
réputation ou pour leurs biens, ils tolèrent en
silence des jugements iniques, et ils s'estime-
raient déshonorés s'ils encouraient le moindre
soupçon. D'ailleurs, pour ne pas s'exposer au
reproche d'impiété, ils prétextent les scandales
si nombreux qu'engendre la doctrine de l'Evangile. Ils vont criant, à qui veut les entendre,
que la tranquillité publique est mise en péril
par ce qu'ils appellent les nouveaux partisans
de l'Evangile, et, s'ils sont fort éloquents, en
revanche ils vivent fort peu selon la doctrine
de l'Evangile (a). »

Ainsi prudence humaine, attachement de
l'habitude, subtilité d'esprit qui se forge, pour
excuser sa faiblesse, des arguments parfois dis-
cutables. « Ils n'ont pour tout potage, écrit Calvin
qui sent leur faible, que ce misérable *subterfuge*,
[à savoir] que l'affection extérieure est à Dieu,
quelque semblant qu'ils fassent devant les
hommes (b). » Otez au mot subterfuge ce qu'il

(a) Herminjard, *Correspondance...*, IX, p. 342.
(b) *Opera Calvini*, VI, p. 575.

a d'injurieux : vous aurez à tout le moins
subtilité.

Nous possédons, par ailleurs, l'aveu d'un de
ces accusés, Gérard Roussel lui-même. Blâmé par
Farel d'avoir accepté une abbaye, il répond :
« Cela n'exige pas un petit courage [à savoir,
vivre selon la doctrine nouvelle], et il faudrait
une manifestation de l'esprit autre que celle
que je sens en moi (a). »

En définitive, et malgré ce qu'il s'y mêle
d'inévitable misère humaine, cette attitude se
ramène à un scrupule très légitime et en tout
cas fort respectable. Beaucoup ont hésité à la
dernière heure, devant la démarche suprême
qui les séparerait de l'Eglise où ils étaient nés
et où ils avaient rêvé de mourir.

Quelle fut, dans cette occurrence, la méthode
de Calvin ? Elle fut d'une lucidité sans trouble
et d'une énergie sans défaillance. Il opposa à
toutes les tergiversations l'obligation absolue
pour le chrétien de conformer sa vie aux exigences de la doctrine. Il proclama, comme une
conséquence d'ordre logique, la nécessité de la
séparation d'avec Rome, du schisme, dût la
chair en pâtir, dût le cœur en souffrir, chacun
à leur manière. Ce fut, comme on voit, un

(a) Herminjard, *op. cit.*, I. p. 234.

vigoureux coup de barre donné à la Réforme, en une heure critique.

Calvin exprima sa pensée dans des opuscules et dans des lettres. Je ne signalerai ici que les traités proprement dits. Le lecteur trouvera, à l'Appendice, la correspondance qui se rattache à cette période de l'activité du Réformateur.

En 1537, il réunit, en un volume, deux épîtres, adressées, la première, à Nicolas Duchemin, son ancien condisciple ; l'autre, à Gérard Roussel. La première a pour titre : *De fugiendis impiorum illicitis sacris et puritate christianæ religionis observanda* (a). De la nécessité d'éviter les cérémonies en usage chez les impies et de s'en tenir à la pureté de la religion chrétienne. La seconde est intitulée : *De christiani hominis officio in sacerdotiis papalis ecclesiæ vel administrandis, vel abjiciendis* (b). De la nécessité où se trouve un chrétien d'exercer, ou pour mieux dire de refuser les fonctions ecclésiastiques dans la confession soumise au Pape.

Il n'est point permis en conscience de vivre dans le catholicisme — Calvin écrit, dans le Papisme, — si l'on a été touché par la grâce. A plus forte raison, ne doit-on pas accepter de fonctions ecclésiastiques. Il y a, à agir

(a) *Opera Calvini*, V, pp. 241-278.
(b) *Ibidem*, V. pp, 281-311.

ainsi, un manque de logique, de courage et de probité. Il y a enfin un exemple néfaste qui risque, en se propageant, de compromettre définitivement le succès des idées de réformation.

Telle était, à cette date, l'opportunité de cette campagne qu'un correspondant, Leo Juda, sollicitait de Calvin, en 1540, la permission de traduire en allemand ces deux lettres dont la nécessité se faisait, disait-il, particulièrement sentir : « *necessarias maxime præsenti rerum statu* (a). »

En 1543, le Réformateur publie le *Petit traité montrant [ce] que c'est que doibt faire une homme fidèle [qui a la foi] connaissant la vérité de l'Evangile, quand il est entre les Papistes* (b). Il s'y adresse aux simples fidèles qui hésitaient sur la voie à prendre. C'est toujours le même principe : il faut être logique avec soi-même. C'est aussi la même conséquence : il faut fuir Babylone, c'est-à-dire la France.

Naturellement on proteste un peu partout. L'exil à Genève, s'il est la conséquence logique de l'adhésion à la Réforme, n'est pas sans soulever toutes sortes de difficultés. N'y a-t-il pas d'ailleurs de bonnes raisons à opposer à

(a) *Opera Calvini*, XI, p. 212.
(b) *Ibidem*, VI, pp. 537-587.

cette prétendue logique ? On en chercha et l'on
en trouva. L'écho de ces protestations arriva
au Réformateur, qui publia, en 1544, une
*Excuse de Jehan Calvin, à Messieurs les Nico-
démites sur la complaincte qu'ils font de sa
trop grand'rigueur* (a). On en trouvera plus loin
le texte.

Ce qu'il faut marquer ici, c'en est la logique
impitoyable, alliée à une éloquence persuasive.
Plus encore que le *Traité des reliques*, l'*Excuse*
est un « pamphlet théologique ». Sans doute,
l'auteur y sacrifie sans vergogne aux exigences
du genre, qui se trouvent être, en l'espèce,
singulièrement appropriées aux mœurs de
l'époque. Quand donc j'aurai souligné, au
passage, la fameuse comparaison que fait Calvin
des Nicodémites avec les « cureurs de retrezs »,
autrement dit, les vidangeurs, je n'étonnerai
personne, je pense. Les maîtres Fifi sont, ici,
pour discréditer les adversaires. Pareillement,
çà et là, telle expression brutale rappelle la
manière, si libre, hélas ! des pamphlétaires du
XVIe siècle.

Mais ce qui caractérise l'*Excuse*, et lui donne
un prix singulier, quand on sait dans quelles
circonstances elle est née, à qui elle s'adressait,

(a) *Opera Calvini*, VI, pp. 587-684.

ou, pour mieux dire, qui elle visait, quelles personnes et quelles doctrines, c'est cette âpreté dans l'argumentation, cette espèce d'opiniâtreté à enfermer le lecteur, ou l'adversaire, dans une série de dilemmes, et, à vrai dire, dans un dilemne unique, inéluctable.

S'il est vrai, comme l'admettent en principe les Nicodémites, que l'homme est fait pour Dieu, corps et âme, le corps comme l'âme, au même titre, il faut choisir entre ces deux alternatives — « servir Dieu » pleinement, sans réserve d'aucune sorte, ou se poser ouvertement en ennemi de Dieu. Telle est, en son fond, la thèse de Calvin. Tout le reste n'est que « couvertures », entendez, prétextes dont on cherche à couvrir, ou à masquer sa lâcheté.

Et il importe peu, après cela, que les différentes catégories où l'auteur essaie de classer ses adversaires ne soient pas aussi claires pour nous qu'elles l'étaient, sans doute, pour lui. Ce qui donne à ce traité mouvement et vie, même quand nous n'apercevons pas distinctement, aussi distinctement que nous le souhaiterions, dans leur réalité historique, les personnages incriminés, ce qui donne à ces pages une signification qui déborde le xvie siècle et la querelle du Nicodémisme, c'est, avec l'intérêt permanent d'une telle question, l'ardeur frémissante qu'apporte Calvin à dénoncer le sophisme — erreur de l'esprit ou faiblesse du cœur, à proposer, on est tenté d'écrire, à imposer la vérité.

Tout ce qui se cachait de scrupule, d'hésitation, voire de lâcheté sous le terme si commode de « *nicodémiser* », le Réformateur le met à nu, impitoyablement. Une par une, il examine les « couvertures » qui lui sont opposées, les « subterfuges » qui sont employés. « L'édification », pour prendre un exemple entre beaucoup d'autres, ne résiste pas à cet examen. Sans doute, Calvin est le premier à se réjouir de la diffusion de l'Evangile ; mais il met au premier rang des moyens de propagande la pratique absolue, sans arrière-pensée, de la doctrine évangélique.

Au fond, et Calvin en arrive rapidement à cette accusation, les Nicodémites ont peur de se compromettre et, s'étant compromis, de s'attirer les rigueurs de la justice. La « complainte » qu'il leur met dans la bouche est, à la vérité, assez grossière, je veux dire, assez dépourvue d'artifice : « Comment ? quitterons-nous tout, pour nous enfuir, ne sachant où ?... » N'oublions pas que c'est ici un pamphlet, et que l'auteur n'est pas tenu à épargner son adversaire. Il insiste même, dans l'*Excuse*, sur cet état d'âme, qui, je l'ai montré plus haut, ne suffit pas à rendre raison de la crise du Nicodémisme.

Mais c'est tout profit pour son livre. Car le ton s'anime, devant l'inanité de pareilles objections. Si les martyrs des premiers siècles, si les apôtres avaient composé ou « pactisé » avec l'ennemi, que serait-il advenu du Christianisme ? et, comme il dit, « où en serions-nous aujourd'hui ? » D'ailleurs, « l'issue » de cette attitude, ou si l'on préfère, les résultats qu'elle donne sont là pour attester qu'il n'y a rien à attendre d'une pareille « paction », de semblables compromis. « Discrétion » aussi inutile que peu digne d'un véritable chrétien !

Il n'est point jusqu'à une accusation personnelle que Calvin ne réfute avec complaisance. « Puisque Calvin fait tant le vaillant, dit-on, que ne vient-il ici [en France] pour voir [pour qu'on voie] comment il s'y comportera. Il fait comme les capitaines, qui poussent les soudards à la brèche pour recevoir des coups ; cependant [ils] demeurent loin du danger ». Le Réformateur était à Genève, où il subissait, il faut en convenir, passablement d'ennuis. Mais enfin, il était à l'abri des coups de la Sorbonne et du Parlement. Ainsi pris à partie, il n'a d'autre ressource que d'invoquer l'exemple des Apôtres, qui conseillaient le martyre, sans se croire obligés de donner l'exemple. C'est ici, avouons-le, une manière assez spirituelle de se tirer d'affaire. Mais l'argument des Nicodémites n'en conserve pas moins toute sa force.

Ce qu'on ne saurait trop admirer, c'est l'ardeur en quelque sorte intime que Calvin apporte au débat. Lui qui se retranche d'ordinaire derrière les principes, il ne dédaigne pas cette fois de discuter pied à pied, d'entrer personnellement dans la lutte, de s'y mettre avec tout ce qu'a de déplaisant, en pareille matière, le *je* ou le *moi*. On lui objecte : « Si tous les fidèles voulaient fuir l'idôlatrie, que serait-ce ? » Il réplique : « Je réponds que c'est à Dieu d'y pourvoir... Je réponds secondement que le partement d'un homme prêche aucune fois en plus grande efficace qu'il ne le pourrait faire de sa bouche... Tiercement, je réponds.. Quartement, je réponds... »

La discussion n'est plus, à cette heure, sur le terrain des principes. Elle est toute dans les faits. Il y a, à Genève, une Eglise, qui doit servir de refuge à qui redoute la persécution, et de modèle à qui se sent le courage de sa foi. Le pontife intransigeant, qui régenta si durement Genève, se laisse apercevoir ici,

entre les lignes. Et ce n'est pas le moindre intérêt de l'*Excuse*.

Et comme, en bon théologien, Calvin veut
avoir le dernier mot, il réhabilite la mémoire
de Nicodème. Il le montre affranchi de sa
réserve, de sa « discrétion » et se révélant, à
l'heure du danger, disciple de Jésus. « Voilà ce
qu'est nicodémiser ». Qu'on l'imite !

Moins piquant que le *Traité des reliques*,
parce que le sujet n'est point de ceux qui
prêtent à l'ironie, l'*Excuse*... offre en revanche
une gravité dans le ton, une chaleur dans la
discussion qui en font une des meilleures
pages de notre littérature, au xviᵉ siècle. Le
nombre y est déjà, cette qualité, ce sens du
rythme qui, au siècle suivant, nous vaudra nos
chefs-d'œuvres oratoires. Calvin se révèle ici
grand écrivain, maître de son expression autant
que de sa pensée.

Et il importe peu, au surplus, que l'*Excuse*...
n'épuise pas, au point de vue documentaire, la
question du Nicodémisme. L'auteur n'a pas
compris, il ne pouvait pas comprendre l'état
d'esprit de ses adversaires. Du moins, a-t-il, à
cette occasion, écrit une œuvre forte.

L'année suivante, Calvin devait reprendre la
lutte contre les mêmes adversaires. En effet,
d'individuelle qu'elle était à l'origine, cette

attitude avait pris peu à peu les proportions d'une doctrine. Elle s'appuyait sur une sorte de symbolisme à savoir que « l'affection intérieure est à Dieu, quelque semblant qu'ils [les Nicodémites] fassent devant les hommes. » (*Excuse*). Qu'importent les gestes ! L'essentiel est de diriger son intention, comme on dira plus tard. Le pire, ajoutait Calvin, toujours dans l'*Excuse*, est « qu'ils s'endorment en ces spéculations », qu'ils se contentent de savoir en quoi « consisterait une bonne réforme » de l'Eglise, qu'ils demandent à Dieu « d'y mettre remède », mais que pratiquement ils n'y travaillent pas, « comme si cela n'était pas leur office [devoir] ».

Dans une lettre, en date de 1545 ([a]), qu'il adressait à Marguerite, Calvin qualifie cette doctrine de « pernicieuse et exécrable ». Il y visait deux personnages qui, précisément, vivaient auprès de Marguerite et l'influençaient dans ce sens, « l'un nommé Quintin, et l'autre Pocques », dit de Bèze dans son *Histoire* ([b]) Il devait les attaquer publiquement, en 1548, dans un traité intitulé : *Contre la secte fantastique et furieuse des libertins qui se disent spirituels* ([c]).

([a]) *Opera*, XI, p. 325.
([b]) De Bèze, *Histoire des Eglises réformées*, I, p. 37.
([c]) *Opera*, VII, pp. 165-264.

S'autorisant du texte de saint Paul, où il est dit que « la lettre tue, tandis que l'esprit vivifie », les libertins réclamaient le droit de rectifier par la pureté des intentions ce que la pratique du catholicisme avait de superstitieux. Les vieilles outres pouvaient contenir le vin nouveau ; les rites anciens, traduire vaille que vaille l'esprit de rénovation. C'est la foi qui sauve.

Calvin, qu'irrite dans sa logique cette attitude de « serpents » — c'est son expression — adresse à ses adversaires deux reproches. En premier lieu, « ils déguisent la signification des mots » : on ne sait jamais la « matière » dont ils parlent, ni « s'ils veulent affirmer ou nier ». En second lieu, ils manquent de « simplicité », entendez de logique ou de droiture — des deux sans doute.

Prendre la Bible et la lire sans préoccupation d'aucune sorte, telle doit être l'attitude du fidèle. Et voici sa récompense. Il y découvre, préfigurée dans l'Ancien Testament et réalisée dans le Nouveau, en la personne de Jésus, la véritable Eglise, descendue du ciel. Il la compare à l'Eglise romaine, et d'instinct il choisit la première.

Ainsi s'achève la crise du Nicodémisme.

II. — *NOTICE BIBLIOGRAPHIQUE*

Rien n'intéresse aussi directement la curiosité d'un lecteur moderne comme les conditions en quelque sorte matérielles, où se sont produits les chefs-d'œuvre de notre littérature. Où fut conçu l'ouvrage ? où fut-il écrit ? sous quelles influences lointaines ou immédiates ? d'un seul jet ? ou par retouches successives ? où fut-il imprimé ? dans quel format ? à quelle date précise ? autant de questions qui relèvent beaucoup moins de la littérature, encore qu'elles l'éclairent parfois, que de ce goût du détail, parfois du bibelot, où se ramène, chez nombre de nos contemporains, l'intérêt de l'histoire.

Pour tout ce qui touche à la production du xvie siècle, et notamment à la littérature religieuse de la Réforme, cet intérêt s'accroît des difficultés auxquelles elle se heurtait, du fait des prohibitions qui en compliquaient l'impression et surtout la diffusion. Le moindre opuscule du temps — tel qu'il est sorti des presses d'un Girard ou d'un Crespin — représente aujourd'hui, aux yeux d'un lecteur averti, outre la pensée de l'écrivain, tout un concours de généreuses complicités ; l'accueil de l'éditeur, qui savait à quoi il s'exposait, le labeur de l'artisan qui s'intéressait à sa tâche avec un esprit de religion, la balle du porteur de merceries où se dissimulait, parmi les marchandises, l'exemplaire de la Bible ou le traité de Calvin.

C'est le privilège des vieux livres, quand on se les représente sous leur forme primitive, d'évoquer tout un passé aboli. Mais que dire de ces ouvrages qui furent, pour une infinité d'âmes inquiètes, lumière et force ?

Le zèle des savants éditeurs des *Opera Calvini* a recueilli pieusement tout ce qui peut permettre à un lecteur d'aujourd'hui d'imaginer, telles qu'elles sortirent des presses, les œuvres du Réformateur en général, et notamment les deux traités que nous publions plus loin.

§ I. — *Le Traité des Reliques.*

La principale rédaction française qu'on ait conservée de ce traité se trouve à la Bibliothèque de Zurich. Elle est incomplète. Une main maladroite y a inséré, au lieu des pages 49 à 61, douze pages d'un autre ouvrage de

Calvin, publié la même année, sous le titre de *Petit traicté*

Il existe, en outre de cette rédaction, deux autres manuscrits : l'un, à Vienne ; l'autre à Hambourg.

Voici les principales éditions qui furent données de cet ouvrage.

La *princeps* est de 1543, à Genève, chez Jean Girard. Elle portait comme titre : ADVERTIS | sement tresvti | le du grand proffit qui revien | droit à la Chrestienté, s'il se fai | soit inuentoire de tous les corps | sainctz, et reliques, qui sont | tant en Italie qu'en France, Al- | lemaigne, Hespaigne, et autres | Royaumes et païs | | Par M. Jehan Caluin | imprimé a genève, | par Jehan Girard. | 1543.

Elle avait la forme d'un tout petit in-octavo, comprenait 110 pages numérotées, le dernier feuillet en blanc.

L'année suivante, 1544, toujours chez Girard, paraissait une seconde édition. Elle ne différait de la précédente que par des divergences d'orthographe, qui méritent à peine d'être signalées. Il subsiste un exemplaire, qui paraît bien être le seul

ADVERTIS- | sement tresvtile | du grand proffit qui reviendroit à la | chrestienté, s'il se faisoit inuentoire de | tous les corps sainctz, et reliques, qui | sont tant en Italie, qu'en France, Alle- | maigne, Hespaigne, et autres | Royaumes et païs. | Par M. Jehan Caluin. | (Emblème) | IMPRIMÉ A GENÈVE, | par Iehan Girard. | 1544.

Il y avait cette fois la griffe de l'éditeur. Elle représentait une main portant un glaive, mais sans flamme, avec l'exergue souvent décrit NON VENI PACEM MITTERE, | SED GLADIVM. Je ne suis pas venu apporter la paix, mais la guerre. Cette citation est empruntée à l'Evangile selon Jean.

En 1551, une troisième édition fut mise en vente. Un des historiens de Calvin, P. Henry, en a fait l'éloge ; mais les éditeurs des *Opera...* déclarent qu'ils n'en ont point trouvé trace.

Le catalogue de la Bibliothèque de Dresde fait mention d'un exemplaire, qui porte la date de 1559. C'est apparemment la quatrième édition.

Citons, pour finir, une édition qui parut, par les soins du fameux libraire de Genève, Crespin, en 1563, et qui se présentait de la façon suivante.

ADVER- | TISSEMENT | TRESVTILE | DV GRAND PRO- | fit qui reviendroit à la chrestien- | té, s'il se faisoit inuentaire de tous | les corps saincts et Reliques, qui sont | tant en Italie

qu'en France, Alle- | magne, Hespagne, et autres
Royau- | mes et pays. | Par M. Jehan Caluin. |
(Emblème) | POVR JEHAN CRESPIN. | PAR MAR-
MET REQVEM. |

Elle portait l'emblème de Crespin, savoir,
une ancre avec un serpent ; cette ancre est tenue
par deux mains, qui sortent des nuages, avec
les initiales I. C. Un tout petit format ;
107 pages sont numérotées ; les cinq dernières
sont consacrées à un index.

Voici les principales éditions qui ont été
données du *Traité des Reliques*, au XIXe siècle.
En 1822, dans le *Dictionnaire critique des Reliques*, de Collin de Plancy ; en 1842, dans les
Œuvres françaises de Calvin, par le bibliophile
Jacob ; en 1863, à Genève, par MM. Gustave
Revilliod et Fick ; en 1867, dans le tome VI
des *Opera Calvini* ; en 1909, dans les *Œuvres
choisies de Jean Calvin*, publiées par la compagnie des Pasteurs de Genève.

Tel avait été, dès l'abord, le succès de ce
traité que, selon l'usage et pour les besoins
de la propagande hors des pays de langue
française, il était traduit en latin. C'était,
comme on sait, la langue internationale, à
cette époque.

La traduction fut confiée à Nicolas des Gallars,
et parut, en 1548, sous le frontispice suivant :

IOANNIS | CALVINI AD | MONITIO QVA O- | stenditur quam e re Christianæ reip. fo- | ret Sanctorum corpora et reliquias ve- | lut in inuentarium redigi : quæ tam in | Italià quam in Gallià, Germanià, Hispa- | nia, ceterisque regionibus habentur. | E Gallico per Nicolaum Gallasium in ser- | monem Latinum conversa. (Emblema) GENEVÆ | PER IOANNEM GERARDVM | 1548.

L'emblème consistait en une palme et un enfant qui tient un rameau. Pas d'exergue. Le format du livre était le petit in-8°. Il y avait 99 pages numérotées ; la 100° était blanche. La feuille suivante portait, au recto, une citation empruntée à la II° Epître aux Thessaloniciens ; au verso, quelques errata. La dernière feuille était ornée du glaive enflammé de Gérard, mais sans exergue.

Cette traduction était précédée d'une préface latine du traducteur. La voici, traduite aussi exactement que possible :

Nicolas des Gallars aux pieux lecteurs. Salut.

Il paraîtrait sans doute incroyable qu'une imposture aussi avérée et aussi tenace ait pu séduire l'univers, si nous ne constations le fait de nos propres yeux, et si nous ne comprenions que c'est là une juste vengeance de Dieu, qui consiste en ce que les hommes, devenus étrangers à la vérité, sont endoctrinés par le mensonge et aveuglés au point que l'erreur, comme dit saint Paul, obtient force et efficacité. Puisque aujourd'hui l'immense bonté de Dieu a découvert et, pour ainsi dire, montré du doigt cet état de choses, il ne convient pas que nous soyons encore aveugles, ni que nous nous abandonnions dans les ténèbres, d'autant que nous sommes éclairés d'une lumière tout à fait éclatante.

Pour ma part, il n'est personne, je pense, à qui ces vérités ne soient évidentes — sauf celui qui a perdu l'usage des sens et ressemble plus à une bête qu'à un homme. En effet, il ne s'agit point ici d'un raisonnement subtil : la chose se démontre elle-même, au point que les plus stupides même sont capables de la comprendre à fond. Par exemple, un très grand nombre de nos amis, après avoir lu ce petit livre jusqu'au bout, ont été tellement étonnés qu'ils avaient l'impression de sortir d'un antre et qu'ils déclaraient qu'ils n'auraient jamais cru pareille chose. En conséquence, ils se sont mis avec plus de soin à chercher Dieu et avoir horreur des superstitions. C'est ce qui arrivera, je l'espère, à tous ceux qui, déposant toute animosité, liront attentivemen ce livre.

Je l'ai donc traduit du français en latin, afin qu'il puisse être communiqué à certains, et aussi pour que les autres nations, à notre exemple, dénoncent les superstitions qui, dit-on, se rencontrent chez elles. Ce ne saurait, en effet, être l'œuvre d'un seul homme. Il faut qu'un certain nombre s'y emploient et qu'on recueille des faits, dans chaque pays. Notre grand Calvin ne pouvait les connaître tous. Il n'a décrit que ceux qu'il lui avait été donné de connaître, soit par lui-même, soit par des témoignages dignes de foi. C'est pourquoi il a voulu que ce petit livre servît d'admonestation et qu'ayant lui-même posé le principe, tous ceux qui ont à cœur la religion s'attellent à cette tâche : de la sorte, la stupidité et l'irréflexion, chez les hommes, pourra être secouée de jour en jour.

En conséquence, je vous prie et vous conjure, de la façon la plus vive, d'accorder à ce petit livre tout le crédit qu'il a le droit de trouver auprès des gens pieux, et de vous appliquer, en toute bienveillance et équité, à répandre mon travail. Si j'ai atténué les plaisanteries et les bons mots, dont il est rempli [en français], faites réflexion que chaque langue a ses grâces, qui ne conviennent pas toujours à d'autres. Du moins, ai-je fait tout

mon possible pour être fidèle dans ma traduction.

Adieu.   Ides de Mars 1548.

D'après M. Th. Dufour, l'opuscule fut traduit
cinq fois en latin, de 1552 à 1667. En 1557, il
l'était en allemand, et fut, dans cette langue,
réédité dix fois jusqu'en 1822. Il fut traduit,
en anglais, en 1561 ; et en hollandais, en 1583.

§ II. — *L'Excuse à Messieurs les Nicodémites...*

La première édition de l'*Excuse* parut, à
Genève, en 1544, toujours chez Girard. Voici
sous quelle forme :
EXCVSE DE | IEHAN CALVIN A | MESSIEURS
LES NICO- | démites, sur la complaincte | qu'ilz
font de sa trop | grand'rigueur. | (Emblème)
AMOS V | odio habuerunt corripientem in porta,
et lo- | quentem recta abominati sunt. | 1544.

L'emblème est celui de Girard : une main
tenant un glaive, mais sans les flammes. L'exergue, bien connu, s'y lit : NON VENI PACEM MIT-
TERE, SED GLADIVM. L'ouvrage, d'un format
très réduit, contient quatre feuillets portant
les lettres A, B, C, D. On en conserve un
exemplaire à la Bibliothèque publique de
Zurich.

En 1549, paraissait une seconde édition, augmentée de réponses de Mélanchton, Bucer, Pierre Martyr, à l'enquête qui avait été ouverte et dont j'ai parlé plus haut. En voici la description :

DE VITANDIS SVPER- | STITIONIBUS, QVAE | CVM SINCERA FIDEI | CONFES-SIONE PV- | GNANT, | Libellus Iohannis Caluini. | EIVSDEM EXCVSA-.| TIO, AD PSEV-DONI- | CODEMOS. | | PHILIPPI MELANCHTONIS, | MARTINI BVCERI, | PETRI MARTYRIS RESPONSA | DE EADEM RE. | CALVINI VLTIMVM RES-PONSVM, | CVM APPENDICIBVS. | | GENE-VAE, | Per Joannem Girardum | 1549.

Il s'agit ici d'un petit in-quarto, comprenant dix-sept cahiers, portant les lettres *a* à *r*, et comptant 135 pages numérotées.

L'année suivante, nouvelle édition ainsi présentée :

DE VITANDIS SVPER- | STITIONIBVS, QVAE | CVM SINCERA FIDEI | CONFES-SIONE PV- | GNANT. | Libellus Ioannis Caluini. | EIVSDEM EXCVSATIO AD PSEVDO- | NICO-DEMOS. | | Philippi Melanchtonis, Martini Buceri, Petri Martyris responsa de eadem re | cum appendicibus, | quibus accessit respon-sum Pasto- | rum Tigurinæ Ecclesiæ. | GENE-VÆ, | per Ioannem Girardum. | 1550.

Enfin, en 1551, paraissait une quatrième édition, qui se présentait de la façon suivante :
PETIT TRAICTÉ | MONSTRANT QVE DOIBT | faire un homme fidèle cognoissant la | vérité de l'Evangile quand il est en- | tre les Papistes. Avec une Epistre | du mesme argument. | | Ensemble l'Excuse faite sur cela aux Ni- | codémites. | | Par M. I. Caluin. | (Emblème) | III ROYS XVIII. | Iusques à quand clocherez-vous à deux | costez ? Si le Seigneur est Dieu, suyvez- | le,ou si c'est Baal, suyvez - le. | 1551.

L'emblème représente une palme portée par un enfant. Il n'y a pas d'exergue. Le format est tout petit, minima, disent les éditeurs des *Opera Calvini*. On relève plusieurs erreurs dans la pagination. Les différents ouvrages sont présentés dans l'ordre suivant : I. Petit traicté, pp. 3 à 84. II. S'ensuit l'Epistre, pp. 84 à 102. III. Excuse à Messieurs les Nicodémites, pp. 103-150.

Telles sont, en bref, les diverses éditions qui parurent, au XVIe siècle, du *Traité des Reliques* et de l'*Excuse...* La multiplicité de ces éditions, en un aussi court laps de temps, atteste leur succès. C'est qu'à cette date, l'autorité de Calvin a franchi les murs de Genève. Il est devenu, sans métaphore, le pape de la nouvelle Rome, non seulement dans les pays de langue française, mais plus généralement dans l'Europe entière.

J'ai résolûment modernisé l'orthographe de ces deux opuscules, pour les raisons que voici :

1° Il s'agissait d'en faciliter la lecture au grand public, c'est-à-dire à des personnes qui n'ont pas été préparées, par une étude spéciale, à éluder les problèmes multiples que pose, à chaque instant, la graphie capricieuse des écrivains du XVIe siècle.

2° Nos grands auteurs, — Ronsard et Du Bellay, en particulier, — n'ont point attaché à l'orthographe l'importance qu'on serait tenté de croire, aujourd'hui. Le premier, dans l'*Avertissement* qu'il a placé en tête des *Odes*, déclarait brutalement au lecteur : « Aussi, tu ne trouveras fâcheux si j'ai quelquefois changé la lettre E en A, et A en E, et bien souvent ôtant une lettre d'un mot ou la lui ajoutant pour faire ma rime plus sonoreuse ou parfaite ([a]). » De son côté, Du Bellay s'en remettait sur ce point à l'imprimeur. Et il expliquait en ces termes son dédain : « C'est encore la raison pourquoi j'ai si peu curieusement regardé à l'orthographe, la voyant aujourd'hui aussi

______

([a]) Ronsard : *Odes*. Avertissement.

diverse qu'il y a d'écrivains. J'approuve grandement les raisons de ceux qui l'ont voulu réformer ; mais voyant que telle nouveauté déplaît autant aux doctes comme aux indoctes, j'aime beaucoup mieux louer leur intention que de la suivre, pour ce que je ne fais pas imprimer mes œuvres en intention qu'elles servent de cornets aux apothicaires ou qu'on les emploie à quelque autre plus vil métier (usage) [a]. »

C'est de ce point de vue — l'utilité des lecteurs — que je m'autorise pour simplifier la graphie des textes qui sont présentés plus loin.

Pareillement, je n'ai pas hésité à moderniser la ponctuation et à adopter, sur ce point, les habitudes communément acceptées de nos jours. Outre que nous ne sommes pas assurés de toujours posséder la ponctuation telle que Calvin l'avait mise, il demeure vrai qu'elle était de son temps incertaine, capricieuse même. En tout cas, elle dérouterait un lecteur moderne.

En revanche, j'ai respecté scrupuleusement la phrase avec son tour particulier et ce qui en constitue, au xvi° siècle, l'allure originale. Voisine encore du latin périodique et oratoire,

---

[a] Du Bellay, *Olive*. Au lecteur. Avis n° 2.

— nos grands écrivains avaient subi surtout la culture latine — elle se présente surchargée de subordonnées, un peu empêtrée parfois dans cette abondance, semblable, peut-on dire, à un érudit qui domine mal sa matière. Telle qu'elle est, avec ses gaucheries, quelquefois même ses obscurités, elle offre un intérêt singulièrement émouvant, si l'on fait réflexion que pour la première fois nos ancêtres s'essaient, dans leur idiome maternel, à l'expression des idées abstraites. Chez Calvin surtout, l'effort est heureux, et ce serait injuste que de restreindre à la seule *Institution...* la maîtrise presque souveraine avec laquelle, dans une langue neuve où s'allient dans de justes proportions la création de l'écrivain et la collaboration du peuple, il traduit non seulement les spéculations les plus élevées mais encore les nuances les plus variées du sentiment. Oratoire en son fond, parce que Calvin est avant tout un homme d'action, elle n'exclut pas tour à tour l'ironie ou l'émotion. Elle s'adapte merveilleusement au dessein de l'auteur. Elle est, dans les *Traités*, comme aussi bien dans la *Correspondance*, un précieux document pour l'histoire de la langue française.

C'est dire que le vocabulaire n'a subi, lui aussi, aucune modification. Incertain comme la syntaxe, il offre un mélange savoureux de mots populaires et de mots savants, de créations consacrées dans la suite par l'usage et d'essais tombés depuis en désuétude. Il n'est pas impossible d'y relever, dans la même page, deux formes d'un même mot — participer et communiquer, par exemple, — tant est manifeste le travail incessant d'invention, l'effort continu de l'écrivain pour emprunter ou, au besoin, créer le vocable, nécessaire à l'expression de sa pensée. Tour à tour érudite ou triviale, cette langue est éminemment vivante et donne, à plusieurs siècles de distance, la sensation en quelque sorte de l'activité débordante qui caractérise l'époque de la Renaissance, en France.

Deux sortes de notes éclaireront, du reste, le lecteur. Les unes, indiquées par des lettres, a, b, c, etc., renvoient, au bas des pages, à des explications de vocabulaire. Les autres, marquées par des chiffres, 1, 2, 3, etc., renvoient à des commentaires d'idées ou à des exposés de fait, en appendice, à la fin du volume.

Enfin une Bibliographie fournira au lecteur le moyen d'approfondir, s'il le veut, les problèmes soulevés par ces deux traités.

TRAITÉ DES RELIQUES

SAINT Augustin, au livre qu'il a intitulé *Du labeur des Moines* (¹), se complaignant (ᵃ) d'aucuns (ᵇ) porteurs de rogatons (ᶜ) (²), qui déjà de son temps exerçaient foire vilaine et déshonnête portant çà et là des reliques de martyrs, ajoute, « voire (ᵈ) si ce sont reliques de martyrs ». Par lequel mot il signifie que dès lors il se commettait de l'abus et tromperie, en faisant accroire au simple peuple que des os recueillis çà et là étaient des os de saints. Puisque l'origine de cet abus est si ancienne, il ne faut douter qu'il n'ait été bien multiplié cependant par (ᵉ) si long temps : même, vu que le monde s'est merveilleu-

(ᵃ) Se plaignant avec insistance.
(ᵇ) De certains.
(ᶜ) Le traducteur a mis *circumforeani impostores,* bateleurs qui courent les places.
(ᵈ) Reste à savoir d'ailleurs si.
(ᵉ) Pendant.

sement (a) corrompu depuis ce temps-là (1), et qu'il est décliné (b) toujours en empirant, jusqu'à ce qu'il est venu en l'extrémité où nous le voyons.

Or, le premier vice (c), et comme la racine du mal, a été qu'au lieu de chercher Jésus-Christ en sa parole, en ses sacrements et en ses grâces spirituelles, le monde, selon sa coutume, s'est amusé à ses robes, chemises et drapeaux (d) ; et en ce faisant a laissé le principal, pour suivre (e) l'accessoire. Semblablement a-t-il fait des apôtres, martyrs et autres saints. Car au lieu de méditer leur vie pour suivre leur exemple (2), il a mis toute son étude (f) à contempler et tenir comme en trésor leurs os, chemises, ceintures, bonnets et semblables fatras.

Je sais bien que cela a quelque espèce (g) et couleur de bonne (h) dévotion et zèle, quand on allègue (i) qu'on garde les reliques de Jésus-Christ pour (j) l'honneur qu'on lui porte, et

---

(a) D'une manière qui tient du prodige, de la merveille.

(b) Le monde s'est éloigné dans le sens d'une dégradation.

(c) La première faute.

(d) Morceaux de drap, linges.

(e) Pour s'occuper.

(f) Tout son zèle, du latin *studium*.

(g) Apparence, du latin *species*.

(h) De solide dévotion.

(i) Alléguer, donner comme raison.

(j) A cause de.

pour en avoir meilleure mémoire, et pareillement des saints ; mais il fallait considérer ce que dit saint Paul ([1]), que tout service de Dieu inventé ([a]) en la tête de l'homme, quelque apparence de sagesse qu'il ait, n'est que vanité et folie, s'il n'a meilleur fondement et plus certain que notre semblant ([b]). Outre plus ([c]), il fallait contre-peser ([d]) le profit qui en peut venir, avec le danger ; et, en ce faisant, il se fût trouvé que c'était une chose bien peu utile, ou du tout ([e]) superflue et frivole, que d'avoir ainsi des reliquaires ; au contraire, qu'il est bien difficile, ou du tout impossible, que de là on ne décline ([f]) petit à petit à idolâtrie. Car on ne peut se tenir ([g]) de les regarder et manier ([h]) sans les honorer ; et en les honorant il n'y a nulle mesure ([i]) que incontinent on ne leur attribue l'honneur qui était dû à Jésus-Christ. Ainsi, pour dire en bref ce qui en est, la convoitise ([j]) d'avoir des reliques

---

(a) Imaginé par l'homme, sans autre autorité que la sienne.

(b) Que ce qu'il nous en semble, que notre opinion.

(c) En outre.

(d) Mettre en balance le profit et le danger.

(e) Complètement.

(f) Que l'on en vienne peu à peu.

(g) S'empêcher de.

(h) Toucher, prendre en main.

(i) Il n'y a nul moyen.

(j) Le désir âpre, qui peut en arriver à inventer des reliques.

n'est quasi (ᵃ) jamais sans superstition, et, qui pis est, elle est mère d'idolâtrie, laquelle est conjointe ordinairement avec (ᵇ).

Chacun confesse que ce qui a ému (ᶜ) notre Seigneur à cacher le corps de Moïse a été de peur que le peuple d'Israël n'en abusât en l'adorant. Or, il convient étendre ce qui a été fait en un saint à tous les autres, vu que c'est une même raison. Mais encore que (ᵈ) nous laissions là les saints, avisons (ᵉ) que dit saint Paul de Jésus-Christ même. Car il proteste de ne le connaître plus selon la chair (¹), après sa résurrection, admonestant (ᶠ)·par ces mots que tout ce qui est charnel en Jésus-Christ se doit oublier et mettre en arrière, afin d'employer et mettre toute notre affection à le chercher et posséder selon l'esprit. Maintenant donc, de prétendre que c'est une belle chose d'avoir quelque mémorial, tant de lui que des saints, pour nous inciter à dévotion, qu'est-ce sinon qu'une fausse couverture (ᵍ) pour farder notre folle cupidité, qui n'est fondée (ʰ) en nulle raison ? Et même quand il semblerait

---

(a) Pour ainsi dire.
(b) Qui l'accompagne ordinairement.
(c) Poussé, déterminé.
(d) Quoique.
(e) Réfléchissons à ce fait que...
(f) Nous donnant le conseil.
(g) Prétexte dont on se couvre.
(h) Qui ne s'appuie, qui ne repose sur aucune raison.

avis que cette raison fût suffisante, puisqu'elle répugne apertement (ª) à ce que le Saint-Esprit a prononcé par la bouche de Paul, que voulons-nous plus ?

Combien qu'il n'est jà métier (ᵇ) de faire longue dispute sur ce point, à savoir s'il est bon ou mauvais d'avoir des reliques, pour les garder seulement comme choses précieuses, sans les adorer. Car, ainsi que nous avons dit, l'expérience montre que l'un n'est (ᶜ) presque jamais sans l'autre. Il est bien vrai que saint Ambroise, parlant d'Hélène ([1]), mère de Constantin, empereur, laquelle avec grand'peine et gros dépens (ᵈ) chercha la croix de notre Seigneur, dit qu'elle n'adora sinon (ᵉ) le Sauveur qui y avait pendu (ᶠ), et non pas le bois ; mais c'est une chose bien rare d'avoir le cœur adonné à quelques reliques que ce soit, qu'on ne se contamine et pollue (ᵍ) quand et quand (ʰ) de quelque superstition. Je confesse qu'on ne vient pas du premier coup à

(a) Ouvertement.
(b) Quoiqu'il ne soit pas nécessaire.
(c) L'un ne va pas sans l'autre.
(d) A gros frais.
(e) Que.
(f) Qui y avait été suspendu.
(g) Se polluer, se souiller par le contact avec une personne ou un objet.
(h) En même temps.

idolâtrie manifeste (a) ; mais petit à petit on vient d'un abus à l'autre, jusqu'à ce qu'on trébuche en l'extrémité. Tant y a que le peuple qui se dit chrétien en est venu jusque-là (b), qu'il a pleinement (c) idolâtré (1) en cet endroit, autant que firent jamais païens. Car on s'est prosterné et agenouillé devant les reliques, tout ainsi que (d) devant Dieu ; on leur a allumé torches et chandelles en signe d'hommage ; on y a mis sa fiance (e) ; on a là eu son recours, comme si la vertu (f) et la grâce de Dieu y eût été enclose. Si l'idolâtrie n'est sinon (g) que transférer (h) l'honneur de Dieu ailleurs, nierons-nous que cela ne soit idolâtrie ? Et ne faut excuser (i) que ce a été un zèle désordonné de quelques rudes et idiots (j), ou de simples femmes. Car ce a été un désordre général, approuvé de ceux qui avaient le gouvernement et conduite de l'Église ; et

----

(a) Manifeste, évidente.
(b) A ce point que.
(c) Complètement.
(d) De même que, absolument comme.
(e) Nous disons aujourd'hui, confiance.
(f) Sens latin du mot, force.
(g) N'est pas autre chose que.
(h) Transporter.
(i) Invoquer comme excuse.
(j) De quelques gens grossiers (*rudes*) et qui au surplus n'agissaient que pour leur compte, à titre privé (*idiot*, d'un mot grec).

même on a colloqué (a) les os des morts et toutes autres reliques sur le grand autel, au lieu le plus haut et le plus éminent, pour les faire adorer plus authentiquement (b). Voilà donc comme la folle curiosité (c) qu'on a eue du commencement à faire trésor de reliques est venue en cette abomination toute ouverte (d), que non seulement on s'est détourné du tout de Dieu, pour s'amuser à choses corruptibles et vaines, mais que, par sacrilège exécrable, on a adoré les créatures mortes et insensibles, au lieu du seul Dieu vivant.

Or, comme un mal n'est jamais seul qu'il n'en attire un autre, cette malheurté (e) est survenue depuis qu'on a reçu pour reliques, tant de Jésus-Christ que de ses saints, je ne sais quelles ordures où il n'y a ni raison ni propos ; et que le monde a été si aveuglé que, quelque titre qu'on imposât à chacun (f) fatras qu'on lui présentait, il l'a reçu sans jugement ni inquisition (g) aucune. Ainsi, quelques os d'âne ou de chien, que le

---

(a) On a placé.

(b) D'une manière plus solennelle.

(c) Curiosité, au sens latin du mot, soin, empressement.

(d) Complètement évidente.

(e) Ce malheur.

(f) A chaque objet.

(g) Examen, enquête.

premier moqueur (a) ait voulu mettre en avant (b)
pour os de martyr, on n'a point fait difficulté de
les recevoir bien dévotement. Autant en a-t-il
été de tout le reste, comme il sera traité ci-après.
De ma part, je ne doute pas que ce n'ait été une
juste punition de Dieu. Car puisque le monde
était enragé après les reliques, pour (c) en abuser
en superstition perverse, c'était bien raison (d)
que Dieu permît que après un mensonge un
autre survînt. C'est ainsi qu'il a accoutumé de
se venger du déshonneur qui est fait à son nom,
quand on transporte sa gloire ailleurs. Pourtant (e),
ce qu'il y a tant de fausses reliques et controuvées
partout, cela n'est venu d'autre cause, sinon que
Dieu a permis que le monde fût doublement
trompé et déçu, puisqu'il aimait tromperie et
mensonge. C'était l'office (f) des chrétiens de
laisser les corps des saints en leur sépulcre, pour
obéir à cette sentence universelle (g) que tout
homme est poudre (h) et retournera en poudre (1) :
non pas de les élever en pompe et somptuosité,

(a) Le premier faſceur.
(b) Présenter aux fidèles.
(c) Au point d'en abuser.
(d) C'était bien justice.
(e) Par conséquent (sens à noter, au xvie siècle).
(f) C'était le devoir.
(g) Qui s'applique à tous les hommes, même aux
saints.
(h) Poussière.

pour faire une résurrection devant (a) le temps.
Cela n'a pas été entendu, mais au contraire,
contre l'ordonnance de Dieu, on a déterré les
corps des fidèles pour les magnifier (b) en gloire,
au lieu qu'ils devraient être en leur couche et
lieu de repos, en attendant le dernier jour. On a
appété (c) de les avoir, et a-t-on là mis sa fiance ;
on les a adorés, on leur a fait tous signes de révérence. Et qu'en est-il advenu ? Le diable, voyant
telle stupidité, ne s'est point tenu content (d)
d'avoir déçu le monde en une sorte, mais a mis
en avant cette autre déception de donner titre
de reliques de saints à ce qui était du tout (e)
profane. Et Dieu, par sa vengeance, a ôté sens
et esprit aux incrédules, tellement que, sans
enquérir plus outre (f), ils ont accepté tout ce
qu'on leur présentait, sans distinguer entre le
blanc ou le noir.

Or, pour le présent, mon intention n'est pas
de traiter quelle abomination c'est d'abuser des
reliques, tant de notre Seigneur Jésus que des
saints, en telle sorte (g) qu'on a fait jusqu'à cette

(a) Avant.
(b) Leur communiquer une grandeur.
(c) On a désiré, du latin *appetere*.
(d) Ne s'est point contenté de.
(e) Complètement, absolument.
(f) Davantage.
(g) De la manière dont on l'a fait jusqu'ici.

heure, et comme on fait en la plupart de la chrétienté, car il faudrait un livre propre (a) pour
déduire (b) cette matière. Mais pource que (c)
c'est une chose notoire, que la plupart des reliques
qu'on montre partout sont fausses, et ont été
mises en avant par moqueurs, qui ont impudemment abusé le pauvre monde, je me suis
avisé (d) d'en dire quelque chose, afin de donner
occasion à un chacun d'y penser et d'y prendre
garde. Car, quelquefois nous approuvons une
chose à l'étourdie, d'autant que (e) notre esprit
est préoccupé, tellement que nous ne prenons
de loisir d'examiner ce qui en est, pour asseoir
bon et droit jugement, et ainsi nous faillons (f)
par faute d'avis. Mais quand on nous avertit,
nous commençons à y penser et sommes tout
ébahis comme (g) nous avons été si faciles et si
légers à croire ce qui n'était nullement probable.
Ainsi en est-il advenu en cet endroit ; car, par
faute d'avertissement, chacun était préoccupé (h)

(a) Spécial, exprès.
(b) Traiter au long ce sujet.
(c) Attendu que.
(d) J'ai résolu de.
(e) Attendu que.
(f) Nous péchons ; le mot n'a subsisté, dans la langue,
que sous la forme défaillir, défaillance.
(g) [De voir] comment.
(h) Au sens fort du mot, qui a l'esprit occupé d'une
chose, à l'exclusion de toute autre, qui est incapable de
réflexion, d'examen.

de ce qu'il oit (a) dire « voilà le corps d'un tel saint, voilà ses souliers, voilà ses chausses (b) », se laisse persuader qu'ainsi est. Mais quand j'aurai remontré (c) évidemment (d) la fraude qui s'y commet, quiconque aura un petit (e) de prudence et raison ouvrira lors les yeux, et se mettra à considérer ce que jamais ne lui était venu en pensée.

Combien que (f) je ne puis pas faire en ce livret (g) ce que je voudrais bien, car il serait besoin d'avoir registres de toutes parts (1), pour savoir quelles reliques on dit qu'il y a en chacun lieu, afin d'en faire comparaison. Et lors on connaîtrait que chacun (h) apôtre aurait plus de quatre corps, et chacun saint pour le moins deux ou trois ; autant en serait-il de tout le reste. Bref, quand on aurait amassé un tel monceau, il n'y aurait celui (i) qui ne fût étonné, voyant la moquerie (j) tant sotte et lourde, laquelle néanmoins a pu aveugler toute la terre. Je pensais

----

(a) De ce qu'il entend.
(b) Pantalon.
(c) Démontré.
(d) Avec évidence.
(e) Un peu.
(f) Quoique.
(g) Ce petit livre, ce livre de dimensions restreintes.
(h) Chaque.
(i) Il n'y aurait personne qui ne fût étonné.
(j) La façon dont on s'est moqué.

que puisqu'il n'y a si petite église cathédrale qui n'ait comme une fourmilière (a) d'ossements et autres tels menus fatras (b), que serait-ce si on assemblait toute la multitude de deux ou trois mille évêchés, de vingt ou trente mille abbayes, de plus de quarante mille couvents, de tant d'églises parochiales (c) et de chapelles ? Mais encore le principal (d) serait de les visiter et, non pas nommer seulement ; car on ne les connaît point toutes à nommer (e). En cette (f) ville on avait, ce disait-on, le temps passé, un bras de saint Antoine : quand il était enchâssé (g), on le baisait et adorait ; quand on le mit en avant (h), on trouva que c'était le membre d'un cerf. Il y avait au grand autel de la cervelle de saint Pierre. Pendant (i) qu'elle était enchâssée, on n'en faisait nul doute, car ce eût été un blasphème de ne s'en fier au billet (j). Mais quand

---

(a) Expression pittoresque, pour traduire la multitude des reliques.

(b) Objets sans valeur.

(c) Paroissiales.

(d) Le mieux.

(e) En les nommant. Emploi, devenu rare, de l'infinitif, par le fait de les nommer.

(f) A Genève.

(g) Déposé dans une châsse, ou reliquaire.

(h) Quand on le sortit de la châsse pour le présenter aux fidèles.

(i) Tant que, aussi longtemps que.

(j) Papier collé sur la châsse.

on éplucha le nid (a) et on y regarda de plus près, on trouva que c'était une pierre d'éponge. Je pourrais réciter (b) beaucoup de semblables exemples, mais ceux-ci suffiront pour donner à entendre (c) combien on découvrirait d'ordure, si on faisait une bonne fois visitation (d) universelle de toutes les reliques d'Europe ; voire (e) avec prudence, pour savoir discerner. Car plusieurs, en regardant un reliquaire, ferment les yeux par superstition ; afin, en voyant, de ne voir goutte (1), c'est-à-dire qu'ils n'osent pas jeter l'œil à bon escient (f) pour considérer ce que c'est. Ainsi que plusieurs qui se vantent d'avoir vu le corps de saint Claude tout entier, ou d'un autre saint, n'ont jamais eu cette hardiesse de lever la vue (g) pour regarder que c'était (h). Mais celui qui aurait la liberté de voir le secret, et l'audace d'en user (i), en saurait bien à dire (j) autrement. Autant en est-il de la tête de la Madeleine qu'on montre près de Mar-

---

(a) Expression familière et, à dessein, triviale.
(b) Citer.
(c) Faire comprendre.
(d) Un examen, partout, de toutes les reliques.
(e) Surtout.
(f) Exprès.
(g) Nous dirions, lever les yeux.
(h) Tour emprunté du latin *quid sit* (interrogation indirecte).
(i) De mettre à profit le secret, de le divulguer.
(j) Aurait de quoi parler autrement qu'on n'en parle.

seille, avec le morceau de pâte ou de cire attaché
sur l'œil. On en fait un trésor, comme si c'était
un dieu descendu du ciel. Mais si on en faisait
l'examen, on trouverait clairement la fourbe (a).

Ce serait donc une chose à désirer que d'avoir
certitude de toutes les fariboles (b) qu'on tient
çà et là pour reliques, ou bien au moins d'en
avoir registre et dénombrement (c), pour montrer combien il y en a de fausses. Mais puisqu'il
n'est possible de ce (d) faire, je souhaiterais seulement d'avoir l'inventaire de dix ou de douze
villes, comme de Paris, Toulouse, Reims et
Poitiers. Quand je n'aurais que cela, si (e) ver-
rait-on encore de merveilleuses garennes (f), ou
pour le moins ce serait une boutique (g) bien
confuse. Et est un souhait que j'ai accoutumé de
faire souvent, que de pouvoir recouvrer (h) un
tel répertoire. Toutefois, pource que cela me

(a) La ruse.
(b) Terme de mépris.
(c) Sorte d'hendiadys, avoir un registre où on les
dénombrerait, où en on ferait le compte.
(d) Forme de pronom neutre, ce, cela. On trouve
encore, ce disant.
(e) Néanmoins.
(f) Expression triviale destinée à discréditer les reliques = les églises offrent autant d'ossements que les
garennes de lapins.
(g) Autre expression du même genre, qui rappelle le
début « *font foire vilaine et deshonnête* ».
(h) Établir.

serait aussi par trop difficile, j'ai pensé à la fin (a) qu'il valait mieux donner ce petit avertissement qui s'ensuit, afin de réveiller ceux qui dorment et les faire penser ce que peut être du total (b), quand en une bien petite portion il se trouve tant à redire. J'entends (c) quand on aura trouvé tant de mensonge en ce que je nommerai (d) de reliquaires, qui n'est pas à peu près la millième partie de ce qui s'en montre, que pourra-t-on estimer du reste ? Davantage, s'il appert (e) que celles qu'on a tenues pour les plus certaines aient été frauduleusement controuvées (f), que pourra-t-on penser des plus douteuses ?

Et plût à Dieu que les princes chrétiens (1) pensassent un petit (g) à cela, car leur office (h) serait de ne permettre point leurs pauvres sujets être ainsi séduits (i), non seulement par fausse doctrine, mais visiblement en leur faisant accroire que vessies de bélier sont lanternes (j), comme dit le proverbe. Car ils auront à rendre compte

---

(a) J'ai fini par penser.
(b) Ce qu'il peut en être de l'ensemble des reliques.
(c) Je veux dire.
(d) Ce que je citerai en fait de reliquaires.
(e) S'il est démontré.
(f) Inventées.
(g) Un peu.
(h) Leur devoir.
(i) Trompés.
(j) Expression proverbiale, destinée à frapper l'attention du lecteur.

à Dieu de leur dissimulation (ᵃ), s’ils se taisent
en le voyant, et leur sera une faute bien chère-
ment vendue (ᵇ), que d’avoir permis qu’on se
moquât de Dieu, où ils y pouvaient donner (ᶜ)
remède. Quoi qu’il en soit, j’espère que ce petit
traité servira à tous, donnant occasion à un
chacun (ᵈ) de penser en son endroit (ᵉ) à ce que
le titre porte (ᶠ). C’est que si on avait un rôle (ᵍ)
de toutes les reliques du monde, (qu’)on verrait
clairement combien on aurait été aveuglé par
ci-devant (ʰ), et quelles ténèbres et stupidité il y
aurait eu par toute la terre.

Commençons donc par Jésus-Christ duquel,
pource qu’on ne pouvait pas dire qu’on eût le
corps naturel (car du corps miraculeux (ⁱ) ils
ont bien trouvé la façon de le forger (ʲ), voire (ᵏ)
en tel nombre, et toutes et quantes (ˡ) fois que

(a) Du fait d’avoir dissimulé la vérité qu’ils connais-
saient touchant les reliques.

(b) Nous dirions familièrement, payée, et, en style
plus relevé, expiée.

(c) Porter remède.

(d) Chacun.

(e) Pour son compte.

(f) Comporte.

(g) Une liste.

(h) Jusque-là.

(i) Les théologiens disent, le corps glorieux, celui qui
se trouve dans l’hostie consacrée par le prêtre.

(j) Inventer, fabriquer en quelque sorte.

(k) Fût-ce.

(l) Toutes les fois que.

bon leur semblerait (¹)), on a amassé, au lieu (ᵃ), mille autres fatras pour suppléer ce défaut (ᵇ). Combien encore qu'on n'a point laissé échapper le corps de Jésus-Christ sans en retenir quelque lopin (ᶜ). Car, outre les dents et les cheveux, l'abbaye de Charroux (²), au diocèse de Poitiers, se vante d'avoir le prépuce, c'est-à-dire la peau qui lui fut coupée à la circoncision. Je vous prie, dont (ᵈ) est-ce que leur est venue cette peau ? L'évangéliste saint Luc récite (ᵉ) bien que notre Seigneur Jésus a été circoncis (³), mais que la peau ait été (ᶠ) serrée pour la réserver en relique, il n'en fait point de mention. Toutes les histoires anciennes n'en disent mot. Et par l'espace (ᵍ) de cinq cents ans il n'en a jamais été parlé en l'Église chrétienne. Où est-ce donc qu'elle était cachée, pour la retrouver si soudainement ? Davantage (ʰ), comment eût-elle volé (ⁱ) jusqu'à Charroux ? Mais pour l'approuver (ʲ), ils disent qu'il en est tombé quelques gouttes de sang.

(a) A la place (du corps naturel).
(b) Ce manque.
(c) Morceau, a subsisté dans lopin de terre.
(d) D'où.
(e) Raconte bien.
(f) Mise de côté.
(g) Et durant.
(h) Bien plus.
(i) Image plaisante, appliquée à un tel objet.
(j) Le prouver.

Cela est leur dire, qui aurait métier (a) de probation. Par quoi (b) on voit bien que ce n'est qu'une moquerie. Toutefois, encore que nous leur concédions que la peau qui fut coupée à Jésus-Christ ait été gardée et qu'elle puisse être ou là ou ailleurs, que dirons-nous du prépuce qui se montre à Rome, à Saint-Jean de Latran ? Il est certain que jamais il n'y en a eu qu'un. Il ne peut donc être à Rome et à Charroux tout ensemble. Ainsi voilà une fausseté toute manifeste (c).

Il y a puis après (d) le sang (¹), duquel il y a eu grands combats (e). Car plusieurs ont voulu dire qu'il ne se trouvait point du sang de Jésus-Christ, sinon miraculeux (f). Néanmoins il s'en montre de naturel en plus de cent lieux. En un lieu, quelques gouttes, comme à La Rochelle, en Poitou, que recueillit Nicodème en son gant, comme (g) ils disent. En d'autres lieux, des fioles pleines, comme à Mantoue, et ailleurs. En d'autres, à pleins gobelets, comme à Rome, à Saint-Eustache. Même on ne s'est pas contenté

(a) Qui aurait besoin de preuve.
(b) D'où, grâce à quoi.
(c) Évidente.
(d) Enquête.
(e) Au sujet duquel il y a eu discussions.
(f) Le vin transformé en sang par la consécration.
(g) Du moins, à ce qu'on dit.

d'avoir du sang simple, mais il l'a fallu avoir mêlé avec l'eau, comme il saillit (a) de son côté quand il fut percé en la croix. Cette marchandise (b) se trouve en l'église Saint-Jean de Latran, à Rome. Je laisse le jugement (c) à chacun quelle certitude on en peut avoir. Et même, si ce n'est pas mensonge évident de dire que le sang de Jésus-Christ ait été trouvé sept ou huit cents ans après sa mort, pour en épandre (d) par tout le monde, vu qu'en l'Église ancienne jamais n'en a été mention.

Il y a puis après ce qui a touché au corps de notre Seigneur, ou bien tout ce qu'ils ont pu ramasser pour faire reliques en sa mémoire au lieu de son corps. Premièrement la crèche (1) en laquelle il fut posé à sa nativité (e) se montre à Rome en l'église Notre-Dame la Majeure. Là même, en l'église Saint-Paul, le drapeau (f) dont il fut enveloppé, combien qu'il y en a quelque lambeau à Saint-Salvador en Espagne. Son berceau est aussi bien (g) à Rome, avec la chemise que lui fit la Vierge Marie sa mère. *Item*, en

---

(a) Comme il jaillit.

(b) Autre expression triviale, destinée dans la pensée de l'auteur à rabaisser les reliques.

(c) Je laisse à juger.

(d) En répandre.

(e) A sa naissance.

(f) Le petit drap.

(g) Également.

l'église Saint-Jacques à Rome, on montre l'autel sur lequel il fut posé au temple à (a) sa présentation, comme s'il y eût lors plusieurs autels, ainsi qu'on en fait à la papauté (b) tant qu'on en veut. Ainsi en cela ils mentent sans couleur (c). Voilà ce qu'ils ont eu pour le temps de son enfance. Il n'est jà métier (d) de disputer beaucoup où c'est qu'ils ont trouvé tout ce bagage, si longtemps depuis la mort de Jésus-Christ. Car il n'y a nul (e) de si petit jugement qui ne voie la folie. Par (f) toute l'histoire évangélique, il n'y a pas un seul mot de toutes ces choses. Du temps des apôtres, jamais on n'en ouit parler. Environ cinquante ans après la mort de Jésus-Christ, Jérusalem fut saccagée (g) et détruite. Tant de docteurs anciens ont écrit depuis, faisant mention des choses qui étaient de leur temps, même de la croix et des clous qu'Hélène trouva. De tout ce menu fatras, ils n'en sonnent mot (h). Qui plus est, du temps de saint Grégoire, il n'est point

---

(a) Lors de.

(b) Dans l'Église romaine.

(c) Sans prendre le soin de dissimuler, de colorer leur mensonge.

(d) Pas besoin de.

(e) Personne.

(f) A travers, du latin *per*.

(g) Mise à sac, pillée.

(h) Expression familière qu'on retrouvera dans l'*Excuse.*

question qu'il y eût rien de tout cela à Rome, comme on voit par ses écrits. Après la mort duquel Rome a été plusieurs fois prise, pillée et quasi du tout (a) ruinée. Quand tout cela sera considéré, que saurait-on (b) dire autre chose, sinon que tout cela a été controuvé pour abuser (c) le simple (d) peuple ? Et de fait, les cafards (e), tant prêtres que moines, confessent bien que ainsi est (f), en les appelant *pias fraudes*, c'est-à-dire des tromperies honnêtes, pour émouvoir (g) le peuple à dévotion.

Il y a puis après les reliques qui appartiennent au temps (h) entre l'enfance de Jésus-Christ jusqu'à sa mort. Entre lesquelles est la colonne où il était appuyé en disputant (i) au temple (1), avec onze autres semblables du temple de Salomon. Je demande qui c'est qui leur a révélé que Jésus-Christ fût appuyé sur une colonne, car l'évangéliste n'en parle point en racontant l'histoire de cette dispute. Et (j) n'est pas vraisem-

______

(a) Totalement.
(b) Que pourrait-on dire...
(c) Tromper.
(d) Simple, qui est naïf, qui croit sur parole.
(e) Gens d'Église.
(f) Avouent qu'il en est ainsi.
(g) Amener le peuple à la dévotion.
(h) [Qui s'est écoulé] entre l'enfance et la mort.
(i) Le jour où il discuta.
(j) D'ailleurs, il n'est pas...

blable. qu'on lui donnât lieu (a) comme à un prêcheur, vu qu'il n'était pas en estime (b) ni autorité, ainsi qu'il appert (c). Outre plus, je demande, encore qu'il fût appuyé sur une colonne, comment est-ce qu'ils savent que ce fût cette-là ? Tiercement, dont (d) est-ce qu'ils ont eu ces douze colonnes, qu'ils disent être du temple de Salomon ?

Il y a puis après les cruches où était l'eau que Jésus-Christ changea en vin aux noces de Cana de Galilée (1), lesquelles ils appellent hydries. Je voudrais bien savoir qui en a été le gardien par (e) si longtemps pour les distribuer. Car il nous faut toujours noter cela, qu'elles ont été trouvées seulement huit cents ans ou mille après que le miracle a été fait. Je ne sais point tous les lieux où on les montre. Je sais bien qu'il y en (f) a à Pise, à Ravenne, à Cluny, à Angers, à Saint-Salvador, en Espagne. Mais, sans en faire plus long propos (g), il est facile, par la vue seule, de les (h) convaincre de mensonge. Car

---

(a) Qu'on lui fournît une tribune.
(b) Qu'il n'avait point de crédit auprès des Juifs.
(c) Comme cela est prouvé (par l'Évangile).
(d) D'où est-ce que.
(e) Pendant si longtemps, par, du latin *per*.
(f) Qu'il y a des cruches.
(g) Discours.
(h) *Les*, désigne les catholiques.

les unes ne tiennent point plus de cinq quartes (a)
de vin, tout au plus haut (b) ; les autres encore
moins, et les autres tiennent environ un muid.
Qu'on accorde (c) ces flûtes, si on peut, et lors
je leur laisserai leurs hydries sans leur en (d)
faire controverse. Mais ils n'ont pas été contents (e) seulement du vaisseau, s'ils n'en avaient
quand et quand (f) le breuvage. Car à Orléans,
ils se (g) disent avoir du vin, lequel ils nomment
de l'architriclin, qui est à dire maître d'hôtel ;
il leur a semblé avis (h) que c'était le nom propre
de l'époux, et entretiennent le peuple en cette
bêtise. Une fois l'an, ils font lécher (i) le bout
d'une petite cuiller à ceux qui leur veulent
apporter leur offrande, leur disant qu'ils leur
donnent à boire du vin que notre Seigneur fit au
banquet, et jamais la quantité ne s'en diminue
moyennant (j) qu'on remplisse bien le gobelet.
Je ne sais de quelle grandeur sont ses souliers,
qu'on dit être à Rome au lieu nommé *Sancta*

(a) Mesure de capacité.
(b) Jusqu'au bord.
(c) Qu'on mette d'accord ces flûtes, ou plutôt qu'on
se mette d'accord au sujet de.
(d) A ce sujet.
(e) Ils ne se sont pas contentés de.
(f) En même temps.
(g) Ils disent qu'ils ont ; tour emprunté du latin.
(h) Ils ont cru que.
(i) Terme désobligeant pour les prêtres et les fidèles.
(j) A condition que.

Sanctorum, et s'il les a portés en son enfance, ou étant déjà homme. Et quand tout est dit, autant vaut l'un que l'autre (a). Car ce que j'ai déja dit montre suffisamment quelle impudence c'est de produire maintenant les souliers de Jésus-Christ, que les apôtres même n'ont point eu de leur temps.

Venons à ce qui appartient à la Cène dernière ([1]) que Jésus-Christ fit avec ses apôtres. La table en (b) est à Rome, à Saint-Jean de Latran. Il y en (b) a du pain à Saint-Salvador, en Espagne. Le couteau dont (c) fut coupé l'agneau pascal est à Trèves. Notez que Jésus-Christ était en un lieu emprunté (d) quand il fit sa Cène. En partant de là, il laissa la table ; nous ne lisons point que jamais elle ait été retirée par les apôtres. Jérusalem, quelque temps après, fut détruite, comme nous avons dit. Quelle apparence (e) y a-t-il d'avoir trouvé cette table sept ou huit cents ans après ? Davantage, la forme des tables était lors toute autre qu'elle n'est maintenant ; car on était couché au repas, et non pas assis, ce qui est expressément dit en l'Évangile. Le mensonge

----

(a) Une hypothèse ne vaut pas mieux que l'autre.
(b) Qui servit à cette Cène.
(c) Au moyen duquel.
(d) Mis à sa disposition par un ami
(e) Quelle vraisemblance y a-t-il que...

donc est trop patent (a). Et que faut-il plus (b) ?
La coupe où il donna le sacrement de son sang
à boire à ses apôtres se montre à Notre-Dame
de l'Ile, près de Lyon, et, en Albigeois, en un
certain nombre de couvents d'augustins. Auquel
croira-t-il (c) ? Encore est-ce pis du plat (d) où
fut mis l'agneau pascal, car il est à Rome, à
Gênes, et en Arles. Il faut dire que la coutume
de ce temps-là était diverse (e) de la nôtre. Car
au lieu qu'on change maintenant de mets, pour
un seul mets (f) on changerait de plat ; voire (g)
si on veut ajouter foi à ces saintes reliques. Vou-
drait-on une fausseté plus patente ? Autant en
est-il du linceul (1) duquel (h) Jésus-Christ torcha (i) les pieds de ses apôtres, après les avoir
lavés. Il y en a un à Rome, à Saint-Jean de
Latran, un autre à Aix en Allemagne, à Saint-
Corneille, avec le signe (j) du pied de Judas.
Il faut bien que l'un ou l'autre soit faux. Qu'en
jugerons-nous donc ? Laissons les débattre (k)

(a) Évident.
(b) Que faut-il davantage ?
(c) A qui croire ? se fier ?
(d) Quand il s'agit du plat.
(e) Différente.
(f) N'y eût-il qu'un seul mets.
(g) En vérité.
(h) A l'aide duquel.
(i) Essuya.
(j) La marque, ou la trace.
(k) Discuter, se débattre.

l'un contre l'autre, jusques à ce que l'une des parties ait vérifié (a) son cas. Cependant, estimons que ce n'est que tromperie de vouloir faire accroire que le drap que Jésus-Christ laissa au logis où il fit sa Cène, cinq ou six cents ans après la destruction de Jérusalem, soit volé (b) en Italie ou en Allemagne.

J'avais oublié le pain (1) dont miraculeusement furent repus les cinq mille hommes au désert, duquel on en (c) montre une pièce (d) à Rome, en l'église Notre-Dame la Neuve, et quelque petit (e) à Saint-Salvador, en Espagne. Il est dit en l'Écriture qu'il y eut quelque portion de manne réservée, pour souvenance (f) que Dieu avait nourri miraculeusement le peuple d'Israël au désert (2). Mais des reliefs (g) qui demeurèrent des cinq pains, l'Évangile ne dit point qu'il en fut rien réservé à telle fin (h), et n'y a nulle histoire ancienne qui en parle, ni aucun docteur de l'Église. Il est donc facile de juger qu'on a pétri depuis ce qu'on en montre maintenant. Autant en faut-il juger du rameau qui est

(a) Ait fait la preuve de ce qu'elle avance.
(b) Se soit transporté par la voie des airs.
(c d) Un morceau de ce pain.
(e) Un peu.
(f) En mémoire de ce fait que.
(g) Quant aux restes du festin.
(h) Dans ce but, pour devenir des reliques.

à Saint-Salvador, en Espagne. Car ils disent que c'est celui que tenait Jésus-Christ quand il entra en Jérusalem, le jour de Pâques fleuries (a). Or, l'Évangile ne dit pas qu'il en tînt ; c'est donc une chose controuvée (b). Finalement, il faut mettre en ce rang une autre relique qui se montre là même : c'est de la terre où Jésus-Christ avait les pieds assis (c) quand il ressuscita le Lazare. Je vous prie, qui est-ce qui avait si bien marqué la place qu'après la destruction de Jérusalem, que (d) tout était changé au pays de Judée, on ait pu adresser (e) au lieu où Jésus-Christ avait une fois marché ?

Il est temps de venir aux principales reliques de notre Seigneur. Ce sont celles qui appartiennent (f) à sa mort et passion. Et premièrement nous faut dire (g) de sa croix (1), en laquelle il fut pendu. Je sais qu'on tient pour certain qu'elle fut trouvée d'Hélène (h), mère de Constantin, empereur romain. Je sais aussi qu'ont écrit aucuns docteurs anciens touchant l'appro-

---

(a) Le jour des Rameaux.
(b) Inventée.
(c) Posés.
(d) Alors que, quand.
(e) Aller droit au lieu.
(f) Qui se rapportent à.
(g) Il nous faut parler de.
(h) Par Hélène.

bation (a), pour certifier que la croix qu'elle
trouva était sans doute (b) celle en laquelle Jésus-
Christ avait été pendu. De tout cela, je m'en
rapporte à ce qui en est. Tant y a que (c) ce fut
une folle curiosité (d) à elle, ou une sotte dévotion
et inconsidérée (e). Mais encore, prenons le cas
que ce eût été une œuvre louable à elle de mettre
peine (f) à trouver la vraie croix, et que notre
Seigneur déclara adonc (g), par miracle, que
c'était celle qu'elle trouva ; seulement considérons ce qui en est de notre temps. On tient que
cette croix que trouva Hélène est encore à Jérusalem ; et de cela nul n'en (h) doute, combien que
l'Histoire ecclésiastique y contredit notamment.
Car il est là récité (i) que Hélène en prit une
partie pour envoyer à l'empereur son fils, lequel
la mit à Constantinople, sur une colonne de por-
phyre, au milieu du marché ; de l'autre partie (j),
il est dit qu'elle l'enferma en un étui d'argent,
et la bailla (k) en garde à l'évêque de Jérusalem.

(a) La preuve.
(b) Sans aucun doute, d'une façon certaine.
(c) Toujours est-il que...
(d) Un soin, qui n'était pas sensé.
(e) Sans réflexion.
(f) Mettre ses soins à.
(g) Donc.
(h) Pléonasme : de cela nul ne doute.
(i) Raconté.
(j) Ailleurs.
(k) Il la confia.

Ainsi, ou nous arguerons (a) l'histoire de mensonge, ou ce qu'on tient aujourd'hui de la vraie croix est une opinion vaine et frivole. Or, avisons (b) d'autre part combien il y en a de pièces par tout (c) le monde. Si je voulais réciter (d) seulement ce que j'en pourrais dire, il y aurait un rôle (e) pour remplir un livre entier. Il n'y a si petite ville où il n'y en ait, non seulement en l'église cathédrale, mais en quelques paroisses. Pareillement, il n'y a si méchante (f) abbaye où on n'en montre. Et en quelques lieux, il y en a de bien gros éclats (g), comme à la Sainte-Chapelle de Paris, et à Poitiers et à Rome, où il y en a un crucifix assez grand qui en est fait, comme (h) l'on dit. Bref, si on voulait ramasser tout ce qui s'en est trouvé, il y en aurait la charge d'un bon grand bateau. L'Évangile testifie (i) que la croix pouvait être portée d'un homme (1). Quelle audace donc a-ce été de remplir la terre de pièces de bois en telle quantité que trois cents hommes ne le sauraient porter ? Et de fait, ils ont forgé

(a) Nous accuserons.
(b) Réfléchissons.
(c) A travers le monde entier.
(d) Citer, nommer.
(e) Il y aurait de la matière.
(f) Abbaye de peu d'importance.
(g) De gros morceaux.
(h) Du moins, à ce qu'on dit.
(i) Atteste.

cette excuse (a) que, quelque chose qu'on en coupe, jamais elle n'en décroît (b). Mais c'est une bourde (c) si sotte et lourde que même les superstitieux la connaissent. Je laisse donc à penser quelle certitude on peut avoir de toutes les vraies croix qu'on adore çà et là. Je laisse à dire dont (d) c'est que sont venues certaines pièces, et par quel moyen. Comme les uns disent que ce qu'ils en ont leur a été porté (e) par les anges ; les autres, qu'il leur est tombé du ciel. Ceux de Poitiers racontent que ce qu'ils en ont fut apporté par une demoiselle (f) d'Hélène, laquelle l'avait dérobé, et comme elle s'enfuyait, se trouva égarée près du Poitou. Ils ajoutent à la fable (g) qu'elle était boîteuse. Voilà les beaux fondements (h) qu'ils ont pour persuader le peuple à idolâtrer. Car ils n'ont pas été contents (i) de séduire et abuser les simples, en montrant du bois commun au lieu du bois de la croix ; mais ils ont résolu (j) qu'il le fallait adorer, qui (k)

(a) Cette explication, à savoir que.
(b) Elle ne diminue de son volume primitif.
(c) Une sottise.
(d) D'où.
(e) Apporté.
(f) Une suivante.
(g) A ce récit sans fondement.
(h) Sur quoi ils fondent.
(i) Ils ne se sont pas contentés.
(j) Ils ont décidé.
(k) Ce qui est.

est une doctrine diabolique. Et saint Ambroise nommément la réprouve, comme superstition de païens.

Après la croix, s'ensuit le titre (a) que fit mettre Pilate (1), où il avait écrit : « Jésus Nazarien, roi des Juifs ». Mais il faudrait savoir et le lieu et le temps, et comment c'est qu'on l'a trouvé. Quelqu'un me dira que Socrate, historien de l'Église, en fait mémoire (b). Je le confesse. Mais il ne dit point qu'il est devenu (c). Ainsi, ce témoignage n'est pas de grande valeur. Davantage, ce fut une écriture faite à la hâte, et sur-le-champ, après que Jésus-Christ fut crucifié. Pourtant (d), de montrer un tableau curieusement fait, comme pour tenir en montre (e), il n'y a nul propos (f). Ainsi, quand il n'y en aurait qu'un seul, on le pourrait tenir pour une fausseté et fiction. Mais quand la ville de Toulouse se vante de l'avoir, et ceux de Rome y contredisent, le montrant en l'église de Sainte-Croix, ils démentent (g) l'un l'autre. Qu'ils se combattent donc tant qu'ils voudront : en la fin toutes les

---

(a) L'inscription.
(b) En fait mention.
(c) Ce qu'il est devenu.
(d) Par conséquent.
(e) Pour l'exposer à la vénération.
(f) Pas de raison.
(g) Ils se contredisent. s'opposent des démentis.

deux parties seront convaincues de mensonge, quand on voudra examiner ce qui en est.

Encore y a-t-il plus grand combat (a) des (b) clous (1). Je réciterai (c) ceux qui sont venus à ma notice (d). Sur cela, il n'y aura si petit enfant qui ne juge que le diable s'est par trop moqué du monde, en lui ôtant sens et raison, pour (e) ne pouvoir rien discerner en cet endroit. Si les anciens écrivains disent vrai, et nommément Théodore, historien de l'Église ancienne, Hélène en fit enclaver (f) un au heaume de son fils ; des deux autres, elle les mit au mors de son cheval. Combien que saint Ambroise ne dit pas du tout ainsi ; car il dit que l'un fut mis à la couronne de Constantin ; de l'autre, le mors de son cheval en (g) fut fait ; le troisième, que Hélène le garda. Nous voyons qu'il y a déjà plus de douze cents ans que cela (h) était en différend (i) qu'est-ce que les clous étaient devenus. Quelle certitude en peut donc avoir à présent ? Or, à Milan, ils se vantent d'avoir celui qui fut posé au mors

(a) Discussion.
(b) Au sujet des clous.
(c) Je citerai.
(d) A ma connaissance, du latin *notitia.*
(e) Au point de ne pouvoir plus.
(f) Fit clouer.
(g) Pléonasme : de l'autre, le mors fut fait.
(h) Ce point.
(i) En discussion.

du cheval de Constantin. A quoi la ville de Carpentras s'oppose, disant que c'est elle qui l'a. Or, saint Ambroise ne dit pas que le clou fut attaché au mors, mais que le mors en fut fait. Laquelle chose ne se peut nullement accorder avec ce que disent tant (a) ceux de Milan que ceux de Carpentras. Après, il y en a un à Rome, à Sainte-Hélène ; un autre là même, en l'église Sainte-Croix ; un autre à Sienne ; un autre à Venise ; en Allemagne, deux ; un à Cologne, aux Trois-Maries ; l'autre à Trèves. En France, un à la Sainte-Chapelle de Paris, l'autre aux Carmes, un autre à Saint-Denis en France, un à Bourges, un à la Tenaille, un à Draguignan. En voilà quatorze de compte fait (b). Chacun (c) lieu allègue bonne approbation (d) en son endroit (e), ce lui semble. Tant y a (f) que chacun a aussi bon droit que les autres. Pourtant, il n'y a meilleur moyen que de les faire passer tous sous un *fidelium* (g) : c'est de réputer que tout ce qu'on en a dit n'est que mensonge, puisque autrement on n'en peut venir à bout.

(a) Aussi bien... que.
(b) Tout compte fait.
(c) Chaque lieu.
(d) Preuve.
(e) En ce qui le concerne.
(f) Toujours est-il que...
(g) Des Gallars traduit : *itaque nihil expeditius quam eamdem de omnibus ferri sententiam.*

S'ensuit (a) le fer de la lance (1) qui ne pouvait être qu'un ; mais il faut dire que il est passé par les fourneaux de quelque alchimiste (b), car il s'est multiplié en quatre, sans ceux qui peuvent être çà et là, dont je n'ai point ouï parler. Il y en a un à Rome ; l'autre, à la Sainte-Chapelle de Paris ; le troisième, en l'abbaye de la Tenaille, en Saintonge ; le quatrième, à la Sauve, près de Bordeaux. Lequel est-ce qu'on choisira maintenant pour vrai ? Pourtant (c), le plus court, c'est de les laisser tous quatre pour tels qu'ils sont. Mais encore, quand il n'y en aurait qu'un seul, si (d) voudrais-je bien savoir dont (e) il est venu, car les histoires anciennes, ni les autres écrits, n'en font nulle mention. Il faut donc qu'ils aient été forgés (f) de nouveau.

Touchant [de] la couronne d'épines (2), il faut dire que les pièces (g) en ont été replantées pour reverdir ; autrement je ne sais comment elle pourrait être ainsi augmentée. Pour un *item*, il y

---

(a) Vient ensuite.

(b) Il s'agit des personnages qui cherchaient au Moyen-Age la transmutation des métaux en or.

(c) Par conséquent.

(d) Encore.

(e) D'où.

(f) Le mot est pris à double sens ; au sens propre, puisqu'il s'agit ici de lances ; au sens figuré, c'est-à-dire inventées.

(g) Morceaux.

en a la troisième portion en la Sainte-Chapelle de Paris ; à Rome, en l'église Sainte-Croix, il y en a trois épines ; en l'église Saint-Eustache, de Rome même, quelque quantité ; à Sienne, je ne sais quantes (a) épines ; à Vicence, une ; à Bourges, cinq ; à Besançon, en l'église Saint-Jean, trois ; à Mont-Royal, trois ; à Saint-Salvador, en Espagne, je ne sais combien ; à Saint-Jacques, en Galice, deux ; à Albi, trois ; à Toulouse, à Mâcon, à Charroux en Poitou, à Cléry, à Saint-Flour, à Saint-Maximin en Provence, en l'abbaye de la Salle, en l'église parochiale (b) de Saint-Martin à Noyon, en chacun de tous ces lieux, il y en a une. Quand on aurait fait diligente inquisition (c), on en pourrait nommer plus de quatre fois autant. Nécessairement on voit qu'il y a de la fausseté (d). Quelle fiance (e) donc peut-on avoir ni des (f) unes, ni des autres ? Avec ce, il est à noter qu'en toute l'Église ancienne, jamais on ne sut à parler (g) que cette couronne était devenue. Parquoi il est aisé de conclure que la première plante a commencé à jeter (h) longtemps

---

(a) Combien.
(b) Paroissiale.
(c) Enquête.
(d) Du mensonge.
(e) Confiance.
(f) A propos des unes.
(g) On ne sut dire.
(h) A donner des rejetons (jeter).

après la passion de notre Seigneur Jésus-Christ.

Il y a puis après (a) la robe de pourpre (¹), de laquelle Pilate vêtit notre Seigneur par dérision, d'autant (b) qu'il s'était appelé roi. Or c'était une robe précieuse qui n'était pas pour (c) jeter à l'abandon, et n'est pas à présumer que Pilate ou ses gens la laissassent perdre, après s'être moqués [pour] une fois de notre Seigneur. Je voudrais bien savoir qui a été le marchand qui l'acheta de Pilate, pour la garder en reliquaire. Et pour mieux colorer (d) leur bourde, ils montrent quelques gouttes de sang dessus, comme si les méchants eussent voulu gâter une robe royale, en la mettant par risée sur les épaules de Jésus-Christ. Je ne sais pas s'il y en a quelqu'un aussi bien (e) ailleurs. Mais de la robe qui était tissue de haut en bas sans couture, sur laquelle fût jeté le sort, pource (f) qu'elle semblait plus propre à émouvoir (g) les simples à dévotion, il s'en est trouvé plusieurs ; car à Argenteuil, près de Paris, il y en a une, et à Trèves une autre. Et si la bulle de Saint-Salvador, en Espagne, dit

---

(a) Ensuite.
(b) Sous prétexte que.
(c) De nature à être jetée.
(d) Cacher.
(e) Encore.
(f) Attendu que.
(g) A pousser.

vrai, les chrétiens, par leur zèle inconsidéré (a), ont fait pis que ne firent les gendarmes (b) incrédules. Car iceux (c) n'osèrent la déchirer en pièces, mais, pour l'épargner, mirent le sort dessus, et (d) les chrétiens l'ont dépecée pour l'adorer. Mais encore, que répondront-ils au Turc qui se moque de leur folie, disant qu'elle est entre ses mains ? Combien qu'il n'est jà métier (e) de les faire plaider contre le Turc, il suffit qu'entre eux ils vident leur débat. Cependant nous serons excusés de ne croire ni à l'un ni à l'autre, de peur de ne favoriser à l'une des parties plus que à l'autre, sans connaissance de cause ; car cela serait contre toute raison. Qui plus est, s'ils veulent qu'on ajoute foi à leur dire, il est requis (f), en premier lieu, qu'ils s'accordent avec les évangélistes. Or, est-il ainsi (g) que cette robe, sur laquelle le sort fut jeté, était une saie ou hoqueton, que les Grecs appellent *choeton*, et les Latins *tunica*. Qu'on regarde si la robe d'Argenteuil, ou celle de Trèves, ont telle (h)

(a) Sans réflexion.
(b) Les hommes d'armes, dont il est parlé dans l'Évangile.
(c) Les gendarmes.
(d) Tandis que.
(e) Quoique il n'y ait pas besoin de...
(f) Il est nécessaire.
(g) Toujours est-il que, en réalité,...
(h) Une forme pareille à celle de la *tunica* ou du *choeton*.

forme, on trouvera que c'est comme une chasuble (ᵃ) pliée. Ainsi, encore qu'ils crevassent les yeux aux gens, si connaîtrait-on leur fausseté en tâtant des mains (ᵇ). Pour faire fin à cet article, je demanderais (ᶜ) volontiers une petite question. Ce que (ᵈ) les gendarmes ont divisé entre eux les vêtements de Jésus-Christ, comme l'Écriture témoigne, il est certain que c'était pour s'en servir à leur profit. Qu'ils me sachent à dire (ᵉ) qui a été le chrétien qui les ait rachetés des gendarmes, tant la saie que les autres vêtements qui se montrent en d'autres lieux, comme à Rome en l'église Saint-Eustache, et ailleurs. Comment est-ce que les évangélistes ont oublié cela ? car c'est une chose absurde (ᶠ) de dire que les gendarmes ont butiné (ᵍ) ensemble les vêtements, sans ajouter qu'on les a rachetés de leurs mains, pour en faire des reliques. Davantage, comment est-ce que tous ceux qui ont écrit anciennement ont été si ingrats de n'en sonner mot ? Je leur donne terme (ʰ) à me ré-

------

(ᵃ) Ornement sacerdotal, qui se porte à la messe.
(ᵇ) En touchant l'objet.
(ᶜ) Je poserais une question.
(ᵈ) Ce fait que ; tour emprunté du latin *quod...*
(ᵉ) Qu'ils tâchent de me dire.
(ᶠ) Qui ne s'entend pas, qui ne se comprend pas.
(ᵍ) Pris à titre de butin.
(ʰ) Je leur fixe une date.

pondre sur ces questions, quand les hommes n'auront plus sens ni entendement pour juger. Le meilleur est que avec la robe ils ont aussi bien voulu avoir les dés, dont (a) le sort fut jeté par les gendarmes. L'un est à Trèves, et deux autres à Saint-Salvador, en Espagne. Or, en cela ils ont naïvement démontré leur ânerie (b) ; car les évangélistes disent que les gendarmes ont jeté (1) le sort, qui se tirait adonc (c) d'un chapeau ou d'un bocal, comme quand on veut faire le roi de la fève, ou quand on joue à la blanque. Bref, on sait que c'est (d) jeter aux lots. Cela se fait communément en partages. Ces bêtes (e) ont imaginé que le sort était jeu de dés, lequel n'était pas adonc en usage, au moins tel que nous l'avons de notre temps ; car au lieu de six et as, et autres points, ils avaient certaines marques, lesquelles ils nommaient par leurs noms, comme Vénus ou Chien. Qu'on aille maintenant baiser les reliques, au crédit (f) de si lourds (g) menteurs.

Il est temps de traiter du suaire (2), auquel ils ont encore mieux montré tant leur impudence

----

(a) Avec lesquels.

(b) Terme injurieux, comme en on rencontre beaucoup dans la discussion, au xvie siècle.

(c) Donc.

(d) Ce que c'est que.

(e) Autre injure : il s'agit des catholiques.

(f) Sur la foi.

(g) De menteurs si maladroits.

que leur sottise. Car, outre le suaire de la Véronique, qui se montre à Rome, à Saint-Pierre, et
le couvre-chef (a) que la Vierge Marie, comme
ils disent, mit sur les parties honteuses de notre
Seigneur, qui se montre à Saint-Jean de Latran,
lequel aussi bien est derechef (b) aux augustins
de Carcassonne ; *item*, le suaire qui fut mis sur
sa tête au sépulcre, qui se montre là même ;
il y a une demi-douzaine de villes, pour le moins,
qui se vantent d'avoir le suaire de la sépulture
tout entier : comme Nice, celui qui a été transporté là de Chambéry ; *item* (c) Aix en Allemagne ; *item* le Trect [Maëstricht] ; *item* Besançon ; *item* Cadouin, en Limousin ; *item* une ville
de Lorraine, assise (d) au port d'Aussois ; sans (e)
les pièces qui en sont dispersées d'un côté et
d'autre, comme à Saint-Salvador en Espagne,
et aux Augustins d'Albi. Je laisse encore un
suaire entier qui est à Rome, en un monastère
de femmes, pource que (f) le Pape a défendu de
le montrer solennellement. Je vous prie, le
monde n'a-t-il pas été bien enragé (g), de trotter

(a) Chapeau, qui couvre la tête ou chef, du latin
caput.

(b) De nouveau ; ici, en outre.

(c) Pareillement.

(d) Située.

(e) Sans parler de...

(f) Sous prétexte que.

(g) Fou, aussi fou que peut l'être une bête qui a la rage

cent ou six vingt (a) lieues loin, avec gros frais et grand'peine (b), pour voir un drapeau (c) duquel il ne pouvait nullement être assuré, mais plutôt était contraint d'en douter ? Car quiconque estime le suaire être en un certain lieu, il fait (d) faussaires tous les autres qui se vantent de l'avoir ; comme, pour exemple, celui qui croit que le drapeau (e) de Chambéry soit le vrai suaire, cettui-là condamne ceux de Besançon, d'Aix, de Cadouin, du Trect et de Rome, comme menteurs, et qui font méchamment idolâtrer le peuple en le séduisant et lui faisant accroire qu'un drapeau profane (f) est le linceul où fut enveloppé son Rédempteur. Venons maintenant à l'Évangile, car ce serait peu de chose qu'ils se démentissent l'un l'autre ; mais le Saint-Esprit leur contredisant (g) à tous, les rend tous ensemble confondus, autant les uns que les autres. Pour le premier (h), c'est merveille que les évangélistes ne font nulle mention de cette Véronique, laquelle

---

(a) Six-vingt, cent vingt. Ancienne manière de compter, qui a subsisté dans quatre-vingt, et dans *l'hôtel des Quinze-vingt.*

(b) Beaucoup de fatigue.

(c) Petit drap.

(d) Il accuse d'être faussaires.

(e) Qui se trouve à Chambéry.

(f) Sans origines religieuses.

(g) Les démentant.

(h) D'abord.

torcha (ᵃ) la face de Jésus-Christ d'un couvre-chef ; vu qu'ils parlent de toutes les femmes, lesquelles (ᵇ) l'accompagnèrent à la croix. C'était bien une chose notable (ᶜ) et digne d'être mise en registre que la face de Jésus-Christ eût été miraculeusement imprimée en un linceul. Au contraire, il semble avis que cela n'emporte pas beaucoup, de dire que certaines femmes aient accompagné Jésus-Christ à la croix, sans qu'il leur soit advenu aucun miracle. Comment est-ce donc que les évangélistes racontent de choses menues et de légère importance, se taisant des (ᵈ) principales ? Certes, si un tel miracle avait été fait, comme on fait accroire (ᵉ), il nous faudrait accuser le Saint-Esprit d'oubliance (ᶠ) ou d'indiscrétion, qu'il (ᵍ) n'aurait su prudemment élire (ʰ) ce qui était le plus expédient (ⁱ) de raconter. Cela est pour leur (ʲ) Véronique, afin qu'on connaisse combien c'est un mensonge

(ᵃ) Essuya.
(ᵇ) Qui.
(ᶜ) Qui méritait d'être notée, consignée.
(ᵈ) Sur les choses qui ont eu de l'importance, comme en eût le miracle que nie ici Calvin.
(ᵉ) Comme on le donne à croire.
(ᶠ) D'oubli.
(ᵍ) Attendu que, puisque.
(ʰ) Choisir, du latin *eligere*.
(ⁱ) Utiles à raconter.
(ʲ) La Véronique, qu'ils ont favorisée de ce miracle prétendu.

évident, de ce qu'ils en (ᵃ) veulent persuader.
Quant est du suaire auquel (ᵇ) le corps fut enveloppé, je leur fais une semblable demande. Les
évangélistes récitent (ᶜ) diligemment les miracles
qui furent faits à la mort de Jésus-Christ, et ne
laissent rien de ce qui appartient à l'histoire.
Comment est-ce que cela leur est échappé de
ne sonner mot d'un miracle tant excellent (ᵈ) ?
C'est que l'effigie (ᵉ) du corps de notre Seigneur
Jésus était demeurée au linceul auquel il fut
enseveli. Cela valait autant d'être dit comme
plusieurs autres choses. Même saint Jean déclare
comment saint Pierre, étant entré au sépulcre,
vit les linges de la sépulture, l'un d'un côté,
l'autre d'autre. Que il y eût aucune portraiture (ᶠ)
miraculeuse, il n'en parle point. Et n'est pas à
présumer qu'il eût supprimé une telle œuvre (ᵍ)
de Dieu, s'il en eût été quelque chose. Il y a
encore un autre doute à objecter : c'est que les
évangélistes ne parlent (ʰ) point que nul des disciples, ni des femmes fidèles, aient transporté
les linceuls, dont il est question, hors du sépulcre ;

(ᵃ) Persuader à son sujet.
(ᵇ) Dans lequel.
(ᶜ) Racontent avec soin.
(ᵈ) Qui dépasse à ce point tous les autres miracles.
(ᵉ) La reproduction des traits.
(ᶠ) Portrait, image.
(ᵍ) Ouvrage fait par Dieu.
(ʰ) Ne disent point.

mais plutôt ils donnent à connaître qu'ils les
ont là laissés, combien qu' (a)ils ne l'expriment (b)
pas. Or, le sépulcre était gardé des gendarmes,
qui eurent depuis le linceul en leur puissance (c).
Est-il à présumer qu'ils le baillassent à quelque
fidèle pour en faire des reliques, vu que les Pharisiens les avaient corrompus pour se parjurer (d),
disant que les disciples avaient dérobé le corps ?
Je laisse à les rédarguer (e) de fausseté par la
vue même des portraitures qu'ils en montrent,
car il est facile à voir que ce sont peintures faites
de main d'homme. Et ne me peux assez ébahir (f),
premièrement comment ils ont été si lourdauds
de ne point avoir meilleure astuce pour tromper ;
et encore plus comment le monde a été si niais
de se laisser ainsi éblouir les yeux, pour (g) ne
voir point une chose tant évidente. Qui plus est,
ils ont bien montré qu'ils avaient les peintres à
commandement (h). Car quand un suaire a été
brûlé, il s'en est toujours trouvé un nouveau de (i)

(a) Encore que.
(b) Ils ne le disent point.
(c) En leur pouvoir.
(d) Et les avaient amenés à se parjurer, à parler contre
la vérité.
(e) Convaincre.
(f) S'étonner, rester bouche bée.
(g) Au point de ne pas voir.
(h) A volonté.
(i) Dès le lendemain.

lendemain. On disait bien que c'était celui-là même qui avait été auparavant, lequel s'était par miracle sauvé du feu ; mais la peinture était si fraîche que le mentir (a) n'y valait rien, s'il y eût eu des yeux pour regarder. Il y a, pour faire fin (b), une raison péremptoire, par laquelle ils sont du tout convaincus de leur impudence. Partout où ils se disent avoir le saint suaire, ils montrent un grand linceul qui couvrait tout le corps avec la tête, et voit-on là l'effigie d'un corps tout d'un tenant (c). Or, l'évangéliste saint Jean dit que Jésus-Christ (1) fut enseveli à la façon des Juifs. Or quelle était cette façon, non seulement on le peut entendre (d) par la coutume que les Juifs observent encore aujourd'hui, mais aussi par leurs livres qui montrent l'usage ancien : c'est d'envelopper à part le corps jusques aux épaules, puis envelopper la tête dedans un couvre-chef, le liant (e) à quatre coins. Ce que aussi l'évangéliste exprime, quand il dit que saint Pierre vit les linges d'un côté, où le corps avait été enveloppé, et d'un autre côté le suaire, qui avait été posé sur la tête (2). Car telle est la signi-

---

(a) Que le mensonge. Emploi fréquent, au xvie, de l'infinitif.

(b) Pour finir.

(c) Tout d'une pièce.

(d) Comprendre.

(e) En l'attachant.

fication de ce mot de suaire, de le prendre pour un mouchoir ou couvre-chef, et non pas pour un grand linceul qui serve à envelopper le corps. Pour conclure brièvement, il faut que l'évangéliste saint Jean soit menteur, ou bien que tous ceux qui se vantent d'avoir le saint suaire soient convaincus de faussetés et qu'on voie apertement (a) qu'ils ont séduit le pauvre peuple par une impudence trop extrême (b).

Ce ne serait jamais fait (c), si je voulais poursuivre par le menu (d) toutes les moqueries dont ils usent. On montre à Rome, à Saint-Jean de Latran, le rameau qui fut mis en la main de Jésus-Christ, au lieu d'un sceptre, quand on le battait par moquerie, en la maison de Pilate. Là même, en l'église Sainte-Croix, on montre l'éponge avec laquelle on lui mit en la bouche le fiel et la myrrhe. Je vous prie, où est-ce qu'on les a recouvrés ? C'étaient les infidèles (e) qui les avaient entre leurs mains. Les ont-ils délivrés (f) aux apôtres, pour en faire des reliques ? Les ontils eux-mêmes enserrés (g), pour les conserver

---

(a) Ouvertement.

(b) Qui est excessive, qui dépasse décidément les bornes.

(c) Je n'en finirais pas, si.

(d) Le détail.

(e) Des gens qui n'avaient pas la foi.

(f) Donnés, après les avoir eus en leur possession.

(g) Mis de côté avec soin.

au temps à venir (ᵃ) ? Quel sacrilège est-ce d'abuser ainsi du nom de Jésus-Christ pour couvrir des fables tant froidement (ᵇ) forgées ? Autant en est-il des deniers que Judas reçut pour avoir trahi notre Seigneur. Il est dit en l'Évangile qu'il les rendit à la synagogue des Pharisiens et qu'on en (ᶜ) acheta un champ pour ensevelir les étrangers. Qui est-ce qui a retiré ces deniers-là de la main du marchand ? Si on dit que ce ont été les disciples, cela est par trop ridicule, il faut chercher une meilleure couleur (ᵈ). Si on dit que cela s'est fait longtemps après, encore y a-t-il moins d'apparence, vu que l'argent pouvait être passé par beaucoup de mains. Il faudrait donc montrer, ou que le marchand qui vendit sa possession (ᵉ) aux Pharisiens pour faire un cimetière l'eût fait pour acheter les deniers, afin d'en faire des reliques, ou bien qu'il les a revendus aux fidèles. Or, de cela, il n'en fut jamais nouvelle (ᶠ) en l'Église ancienne. C'est une semblable fourbe des (ᵍ) degrés du prétoire de Pilate qui sont à Saint-Jean de Latran, à

______

(ᵃ) En prévision du temps à venir, de l'avenir.
(ᵇ) De sang-froid, sans l'excuse de la passion.
(ᶜ) Avec cet argent.
(ᵈ) Excuse.
(ᵉ) Ce qu'il possédait, pour l'avoir acheté.
(ᶠ) Question.
(ᵍ) Quand il s'agit des degrés.

Rome, avec des trous, où ils disent que des gouttes de sang tombèrent du corps de notre Seigneur. *Item*, là même, en l'église Sainte-Praxède, la colonne à laquelle il fut attaché quand on le fouetta ; et en l'église Sainte-Croix, trois autres, à l'entour desquelles il fut promené, allant (a) à la mort. De toutes ces colonnes, je ne sais où ils les ont songées (b). Tant y a qu' (c) ils les ont imaginées à leur propre fantaisie. Car en toute l'histoire de l'Évangile nous n'en lisons rien. Il est bien dit que Jésus-Christ fut flagellé (1) ; mais qu'il fut attaché à un pilier, cela est de leur glose (d). On voit donc qu'ils n'ont tâché (e) à autre chose, sinon d'amasser comme une mer de mensonges. En quoi ils se sont donné une telle licence (f), qu'ils n'ont point eu honte de feindre (g) une relique de (h) la queue de l'âne sur lequel notre Seigneur fut porté. Car ils la montrent à Gênes. Mais il ne nous faut pas étonner autant de leur impudence que de la sottise et stupidité du monde qui a reçu avec dévotion une telle moquerie.

(a) Quand il allait à la mort.
(b) Rêvées, imaginées, inventées.
(c) Toujours est-il que.
(d) Invention.
(e) Ils n'ont eu d'autre but.
(f) Liberté sans frein.
(g) De transformer en relique.
(h) Avec la queue...

Quelqu'un pourrait ici objecter qu'il n'est pas vraisemblable qu'on montre tous les reliquaires que nous avons déjà nommés si authentiquement (a) que on ne puisse quand et quand (b) alléguer dont (c) ils viennent, et de quelle main on les a eus. A cela je pourrais répondre en un mot, qu'en mensonges tant évidents, il n'est pas possible de prétendre aucune vérisimilitude (d). Car quelque chose qu'ils s'arment du nom de Constantin, ou du roi Loys, ou de quelque pape, tout cela ne fait rien pour approuver (e) que Jésus-Christ ait été sacrifié avec quatorze clous, ou qu'on eût employé une haie toute entière à lui faire sa couronne d'épines ; ou qu'un fer de lance en ait enfanté depuis trois autres ; ou que son saye se soit multiplié en trois, et ait changé de façon pour devenir une chasuble ; ou que d'un suaire seul il en soit sorti une couvée (f), comme des poussins d'une poule ; et que Jésus-Christ ait été enseveli tout autrement que l'Évangile ne porte (g). Si je montrais une masse de plomb

______

(a) D'une façon si véridique.
(b) En même temps.
(c) D'où.
(d) Vraisemblance, mot formé et calqué sur le latin.
(e) Prouver.
(f) Expression imagée, pour représenter vivement à l'esprit du lecteur la manière dont se multipliaient les reliques.
(g) Comporte.

et que je disse : « ce billon d'or m'a été donné par un tel prince », on m'estimerait un fol insensé, et pour (ᵃ) mon dire le plomb ne changerait pas sa couleur ni sa nature pour (ᵇ) être transmué en or. Ainsi, quand on nous dit : « Voilà que Godefroy de Bouillon a envoyé par-deçà, après avoir conquis le pays de Judée », et que la raison nous montre que ce n'est que mensonge, nous faut-il laisser abuser de paroles, pour (ᶜ) ne point regarder ce que nous voyons à l'œil ? · Mais encore, afin qu'on sache combien il est sûr de se fier à tout ce qu'ils disent pour l'approbation (ᵈ) de leurs reliques, il est à noter que les principales reliques, et les plus authentiques qui soient à Rome, y ont été apportées comme ils disent, par Tite et Vespasien. Or, c'est une bourde aussi chaude (ᵉ), comme si on disait que le Turc fût allé à Jérusalem pour quérir (ᶠ) la vraie croix, afin de la mettre à Constantinople. Vespasien, devant qu' (ᵍ)il fût empereur, conquêta (ʰ) et détruisit une partie de Judée : depuis, lui étant

---

(a) Malgré mon affirmation.
(b) Au point d'être.
(c) Au point de ne pas regarder.
(d) La preuve que leurs reliques sont authentiques.
(e) Aussi complète que si on disait.
(f) Aller chercher, conquérir.
(g) Avant qu'il fut.
(h) Fit la conquête.

venu à l'empire (a), son fils Tite, lequel il avait laissé pour son lieutenant, prit la ville de Jérusalem. Or, c'étaient païens, auxquels il chalait (b) autant de Jésus-Christ que de celui qui n'eût jamais été. Ainsi on peut juger s'ils n'ont pas osé mentir aussi franchement, en alléguant Godefroy de Bouillon ou saint Loys, comme ils ont allégué Vespasien. Davantage, qu'on pense quel jugement a eu tant le roi que on appelle saint Loys, que ses semblables. Il y avait bien une dévotion et zèle tel que d'augmenter la chrétienté ; mais si on leur eût montré des crottes de chèvres (c) et qu'on leur eût dit « voilà des patenôtres de notre Dame», ils les eussent apportées en leurs navires par-deçà (d), pour les colloquer (e) honorablement en quelque lieu. Et de fait, ils ont consumé leur corps et leur bien, et une bonne partie de la substance de leur pays, pour rapporter un tas de menues folies dont on les avait embabouinés (f), pensant que ce fussent les joyaux les plus précieux du monde. Pour donner encore plus amplement à connaître ce qui en est, il est

(a) Tour latin : alors qu'il était promu à l'Empire.

(b) Le verbe n'a subsisté que dans l'expression : peu me chaut.

(c) Expression triviale, destinée à jeter le discrédit sur les reliques.

(d) Dans nos pays.

(e) Placer.

(f) Dont on leur avait barbouillé la face, ou le babouin.

à noter qu'en toute la Grèce, l'Asie Mineure et la Mauritanie, que nous appelons aujourd'hui en vulgaire le pays des Indes, on montre avec grande assurance toutes ces antiquailles (a), que les pauvres idolâtres pensent avoir alentour de nous. Qu'est-il de juger (b) entre les uns et les autres ? Nous dirons qu'on a apporté des reliques de ces pays-là. Les chrétiens qui y habitent encore affirment qu'ils les ont, et se moquent de notre folle vanterie (c). Comment pourrait-on décider de procès, sans une inquisition (d), laquelle ne se peut faire et ne se fera jamais ? Par quoi le remède (e) unique est de laisser la chose comme elle est ; sans se soucier (f) ni d'une part ni d'autre.

Les dernières reliques qui appartiennent à Jésus-Christ, sont celles qu'on a eues depuis sa résurrection, comme un morceau de poisson rôti, que lui présenta saint Pierre ([1]), quand il s'apparut (g) à lui sur le bord de la mer. Il faut dire qu'il ait été bien épicé (h), ou qu'on y ait fait un

---

(a) Terme péjoratif.
(b) Le moyen de distinguer ?...
(c) De nos prétentions dénuées de fondement.
(d) Une enquête.
(e) La solution.
(f) Sans s'inquiéter, tenir compte de.
(g) Quand il *se* montra.
(h) Garni d'épices.

merveilleux saupiquet (a), qu'il (b) s'est pu garder si longtemps. Mais, sans risée (c), est-il à présumer que les apôtres aient fait une relique du poisson qu'ils avaient apprêté pour leur dîner ? Quiconque ne verra que cela est une moquerie aperte (d) de Dieu, je le laisse comme une bête qui n'est pas digne qu'on lui remontre plus avant.

Il y a aussi le sang miraculeux (e) qui est sailli (f) de plusieurs hosties ; comme à Paris, [en] Saint-Jean de Grève, à Saint-Jean d'Angély, à Dijon, et ailleurs en tout plein (g) de lieux. Et afin de faire le monceau (h) plus gros, ils ont ajouté le saint canivet (i), dont l'hostie de Paris fut piquée par un Juif, lequel les pauvres fols Parisiens ont en plus grande révérence (j) que l'hostie même ; dont notre maître de Quercu ne se contentait point, et leur reprochait qu'ils étaient pires que Juifs, d'autant qu'ils adoraient le couteau qui avait été instrument pour violer (k)

(a) Préparation spéciale pour conserver la nourriture.
(b) Au point que.
(c) Plaisanterie à part.
(d) Évidente.
(e) Dû à un miracle.
(f) Jailli.
(g) En quantité de lieux.
(h) Tas [des reliques].
(i) *Sacrum cultellum*, il s'agit d'un couteau.
(j) Respect.
(k) Outrager.

le précieux corps de Jésus-Christ. Ce que j'allègue, pource qu'on en peut autant dire de la
lance, des clous et des épines, c'est que tous ceux
qui les adorent, selon la sentence (a) de notre
maître de Quercu, sont plus méchants que les
Juifs qui ont crucifié notre Seigneur.

Semblablement, on montre la forme (b) de ses
pieds où il a marché quand il s'est apparu à
quelques-uns depuis son ascension, comme il y
en a un à Rome, en l'église Saint-Laurent, au
lieu où il rencontra saint Pierre, quand il lui
prédit qu'il devait souffrir à Rome ; un autre, à
Poitiers, à Sainte-Ra[de]gonde ; un autre, à Soissons ; un autre, à Arles. Je ne dispute (c) point si
Jésus-Christ a pu imprimer sur une pierre la
forme de son pied ; mais je dispute seulement du
fait, et dis, puisqu'il n'y a nulle probation (d)
légitime, qu'il faut tenir tout cela pour fable (e).
Mais la relique la plus fériale (f) de cette espèce
est la forme de ses fesses (g), qui est à Reims, en
Champagne, sur une pierre, derrière le grand
autel ; et disent que cela fut fait du temps que

(a) Selon l'expression.
(b) La trace, l'empreinte.
(c) Je ne discute pas le point de savoir si.
(d) Nulle preuve.
(e) Pour un conte.
(f) La plus fêtée, du latin, *feriæ*, *fête*.
(g) L'empreinte de... sur la pierre.

notre Seigneur était devenu maçon pour bâtir le portail de leur église. Ce blasphème est si exécrable que j'ai honte d'en plus (a) parler.

Passons donc outre, et voyons ce qui se dit de ses images ; non point de celles qui se font communément par peintres, ou tailleurs, ou menuisiers, car le nombre en est infini, mais de celles qui ont quelque dignité (b) spéciale pour être tenues (c) en quelque singularité comme reliques. Or, il y en a de deux sortes : les unes ont été faites miraculeusement, comme celle qui se montre à Rome, en l'église Sainte-Marie, qu'on appelle *in Porticu* ; *item*, une autre à Saint-Jean de Latran ; *item*, une autre, en laquelle est portraite (d) son effigie à l'âge de douze ans ; *item*, celles de Lucques, qu'on dit avoir été faite par les anges, et laquelle on appelle *Vultus sanctus*. Ce sont fables si frivoles qu'il me semble avis (e) que ce serait peine perdue, et même que je serais ridicule et inepte, si je m'amusais à les réfuter. Par quoi il suffit de les avoir notées en passant ; car on sait bien que ce n'est pas le métier des anges d'être peintres, et que notre Seigneur Jésus veut être connu autrement de nous et se

(a) D'en parler davantage.
(b) Autorité.
(c) Au point d'être considérées.
(d) Reproduite.
(e) Qu'il me semble.

réduire en notre souvenance (ᵃ), que par images charnelles (ᵇ). Eusèbe récite (ᶜ) bien en l'Histoire ecclésiastique (1) qu'il envoya au roi Abagarus son visage portrait (ᵈ) au vif, mais cela doit être aussi certain qu'un des comments (ᵉ) des chroniques de Mélusine (2). Toutefois, encore que ainsi fût, comment est-ce qu'ils l'ont eu du roi Abagarus ? car ils se vantent à Rome de l'avoir. Or Eusèbe ne dit pas qu'elle fut demeurée en être (ᶠ) jusque à son temps, mais il en parle par ouï dire, comme d'une chose lointaine. Il est bien à présumer (ᵍ) que, six ou sept cents ans après, elle soit ressuscitée et soit venue depuis (ʰ) Perse jusqu'à Rome. Ils ont aussi bien forgé (ⁱ) les images de la croix, comme du corps, car ils se vantent à Brescia d'avoir la croix qui apparut à Constantin, de quoi je n'ai que faire d'en débattre (ʲ) à l'encontre d'eux ; mais je les renvoie à ceux de Courtonne, qui maintiennent fort

---

(ᵃ) Se graver dans notre mémoire.
(ᵇ) Par les images qui le représentent tel qu'il s'est manifesté « dans la chair ».
(ᶜ) Raconte.
(ᵈ) Peint.
(ᵉ) Qu'un des faits racontés.
(ᶠ) Qu'elle existât encore.
(ᵍ) La phrase est ironique.
(ʰ) Soit venue de Perse à Rome.
(ⁱ) Inventé.
(ʲ) Discuter.

et ferme qu'elle est par devers (ᵃ) eux. Qu'ils en plaident donc ensemble. Lors, que la partie (ᵇ) qui aura gagné son procès vienne, et on lui répondra. Combien que la réponse soit facile, pour les convaincre de leur folie, car ce qu'aucuns écrivains ont dit, qu'il apparut une croix à Constantin ([1]), n'est pas à entendre d'une croix matérielle, mais d'une figure (ᶜ) qui lui était montrée au ciel en vision. Encore donc que cela fût vrai, on voit bien qu'ils ont trop lourdement erré (ᵈ) par faute d'intelligence, et ainsi ont bâti leurs abus sans fondement (ᵉ).

Quant est de la seconde espèce des images, qu'on tient en reliques pour quelques miracles qu'elles ont faits, en ce nombre sont compris les crucifix aux quels (ᶠ) la barbe croît ([2]), comme celui de Burgos, en Espagne ; *item*, celui de Saint-Salvador et celui d'Aurenge. Si je m'arrête à remontrer (ᵍ) quelle folie, ou plutôt quelle bêtise c'est de croire cela, on se moquera de moi ;

(a) Chez eux, entre leurs mains.

(b) Terme d'ordre judiciaire, désigne les gens qui sont en procès.

(c) Le mot est pris au sens philosophique d'image, création de l'esprit.

(d) Se sont trompés.

(e) Sans rien pour les justifier, ces abus ; rien où ils pussent les asseoir.

(f) Sur lesquels.

(g) Démontrer.

car la chose de soi-même est tant absurde qu'il n'est jà métier (a) que je mette peine (b) à la réfuter. Toutefois, le pauvre monde est si stupide que la plupart tient cela aussi certain que l'Évangile : je mets semblablement en ce rang les crucifix qui ont parlé, dont la multitude est grande. Mais contentons-nous d'un pour exemple, à savoir celui de Saint-Denis, en France : il parla (ce disent-ils) pour rendre témoignage que l'église était dédiée (c) .Je laisse à penser si la chose le valait bien ; mais encore, je leur demande comment est-ce que le crucifix pouvait être adonc (d) en l'église, vu que, quand on les veut dédier, on en retire toutes les images ? Comment est-ce donc qu'il s'était dérobé (e) pour n'être point transporté avec les autres ? Il faut dire que ils ont pensé tromper le monde fort à leur aise, vu qu'ils se sont souciés de se contredire apertement (f) ; mais qu'il leur a suffi de mentir à gueule déployée (g), ne se donnant point garde (h) des répliques qu'on leur pouvait faire. Il y a

-----

(a) Il n'est pas nécessaire.
(b) Que je m'emploie à.
(c) Consacrée.
(d) Donc.
(e) Qu'il s'était caché
(f) Ouvertement.
(g) Expression triviale, sans ménagement, sans discrétion.
(h) N'évitant point.

finalement des larmes : une, à Vendôme ; une à Trèves ; une, à Saint-Maximin ; une, à Saint-Pierre le Puellier d'Orléans, sans celles (a) que je ne sais point. Les unes, comme ils disent, sont naturelles, comme celle de Saint-Maximin, laquelle, selon leurs chroniques, tomba à notre Seigneur, en lavant les pieds de ses apôtres ; les autres sont miraculeuses (b). Comme s'il était à croire (c) que les crucifix de bois fussent si dépits (d) que de pleurer (1). Mais il faut leur pardonner cette faute, car ils ont eu honte (e) que leurs marmousets (f) n'en fissent autant que ceux des païens. Or, les païens ont feint (g) que leurs idoles pleuraient quelquefois : ainsi nous pouvons bien mettre l'un avec l'autre.

Quant à la vierge Marie, pource qu'ils tiennent (h) que son corps n'est plus en terre (i), le moyen leur est ôté de se vanter d'en avoir (j) les os ; autrement je pense qu'ils eussent fait

---

(a) Sans parler de celles.
(b) Se sont produites dans des conditions extraordinaires.
(c) Comme s'il était possible de croire.
(d) Fâchés au point de.
(e) Ils ont craint.
(f) Que leurs images.
(g) Imaginé.
(h) Qu'ils enseignent.
(i) Dans la terre, ou mieux, sur la terre.
(j) Posséder les ossements.

accroire (a) qu'elle avait un corps pour remplir (b) un grand charnier (c). Au reste, ils se sont vengés (d) sur ses cheveux et sur son lait, pour avoir quelque chose de son corps. De ses cheveux, il y en a Rome, à Sainte-Marie-sur-Minerve, à Saint-Salvador en Espagne, à Mâcon, à Cluny, à Noyers, à Saint-Flour, à Saint-Jacquerie, et en autres plusieurs lieux (e). Du lait (f), il n'est jà métier (g) de nombrer (h) les lieux où il y en a, et aussi (i) ce ne serait jamais fait (j), car il n'y a si petite villette (k), ni si méchant (l) couvent soit de moines, soit de nonnains, où l'on n'en montre ; les uns plus, les autres moins. Non pas qu'ils aient été honteux de se vanter d'en avoir à pleines potées (m), mais pource qu'il leur semblait avis que leur mensonge serait plus couvert, s'ils n'en avaient que ce qui se pourrait

---

(a) Qu'ils eussent donné à croire.
(b) Capable de remplir.
(c) Endroit où l'on déposait les cadavres.
(d) Ils ont pris leur revanche ; ils se sont dédommagés.
(e) Endroits.
(f) Au sujet du lait de la Vierge.
(g) Il n'est plus nécessaire.
(h) De dénonbrer.
(i) D'ailleurs.
(j) On n'en finirait jamais.
(k) Accumulation de diminutifs : villette, petite ville.
(l) Méchant, ici, sans importance.
(m) Expression familière, de quoi remplir des pots.

tenir dedans quelque monstre (a) de verre ou de cristallin, afin qu'on en fît pas d'examen plus près. Tant y a que si la sainte Vierge eût été une vache et qu'elle eût été une nourrice toute sa vie, à grand'peine en eût-elle pu rendre telle quantité. D'autre part, je demanderais volontiers comment ce lait, qu'on montre aujourd'hui partout, s'est recueilli pour le réserver (b) en notre temps ; car nous ne lisons pas que jamais aucun (c) ait eu cette curiosité (d). Il est bien dit que les pasteurs (1) ont adoré Jésus-Christ, que les sages (e) (2) lui ont offert leurs présents, mais il n'est point dit qu'ils aient rapporté (f) du lait pour récompense. Saint Luc récite bien ce que Siméon prédit à la Vierge (3), mais il ne dit point qu'il lui demanda de son lait. Quand on ne regardera que ce point, il ne faut jà (g) argure davantage, pour montrer combien cette folie est contre toute raison et sans couverture (h) aucune. C'est merveilles (i), puisque ils ne pouvaient

(a) Vase de grandeur démesurée.
(b) La conserver, la mettre en réserve.
(c) Personne.
(d) Ce soin.
(e) On serait tenté de lire « mages ». C'est sages qu'il faut lire : on verra plus loin comment Calvin défend son opinion, sur ce point.
(f) Apporté de chez eux.
(g) Il ne faut désormais discuter.
(h) Prétexte.
(i) C'est étonnant.

avoir autre chose du corps, qu'ils ne se sont [pas] avisés (ᵃ) de rogner de ses ongles et de choses semblables, mais il faut dire que tout ne leur est pas venu en mémoire (ᵃ).

Le reste qu'ils ont des reliques de Notre-Dame est de son bagage. Premièrement, il y en a une chemise à Chartres, de laquelle on fait une idole assez renommée, et à Aix en Allemagne, une autre. Je laisse là (ᵇ) comment c'est qu'ils ont pu les avoir, car c'est chose certaine que les apôtres et les vrais chrétiens de leur temps n'ont pas été si badins (ᶜ) que de s'amuser à telles manigances (ᵈ). Mais qu'on regarde seulement la forme, et je quitte le jeu (ᵉ), si on n'aperçoit leur impudence. Quand on fait la montre (ᶠ), à Aix en Allemagne, de la chemise que nous avons dit être là, on montre, au bout d'une perche, comme (ᵍ) une longue aube (ʰ) de prêtre. Quand la vierge Marie aurait été une géante, à grand'-peine eût-elle porté une si grande chemise. Et

---

(a) Qu'ils n'ont pas songé.
(b) Je ne cherche pas à savoir.
(c) Assez plaisante pour.
(d) Combinaisons.
(e) Je consens à avouer que j'ai perdu la partie.
(f) L'exposition.
(g) Semblable à une aube.
(h) Vêtement de lin, garnie parfois de dentelle, que revêt le prêtre pour célébrer la messe.

pour lui donner meilleur lustre (a), on porte
quand et quand (b) les chaussettes [de] saint
Joseph, qui seraient pour (c) un petit enfant ou
un nain. Le proverbe dit qu'un menteur doit
avoir bonne mémoire, de peur de se couper (d)
par oubli. Ils ont mal gardé (e) cette règle, quand
ils n'ont pensé de faire meilleure proportion (f)
entre les chausses du mari et la chemise de la
femme. Qu'on aille maintenant baiser bien dévotement ces reliques, lesquelles n'ont autre apparence (g) de vérité. De ses couvre-chefs (h) je
n'en sais que deux : à Trèves un, en l'abbaye
Saint-Maximin ; à Lisio, en Italie, un autre.
Mais je voudrais qu'on avisât (i) de quelle toile
ils sont, et si on les portait de telle façon en ce
temps-là au pays de Judée ; je voudrais aussi
qu'on fit comparaison de l'un à l'autre pour voir
comment ils s'entre-semblent (j). A Boulogne,
ils en (k) ont un fronteau. Quelqu'un me demandera si je pense que ce fronteau soit une chose

(a) Plus d'éclat.
(b) En même temps.
(c) De la taille d'un enfant.
(d) Expression familière = de se trahir.
(e) Observé.
(f) De ne point établir un rapport plus rigoureux.
(g) D'autre moyen de paraître vrais.
(h) Chapeaux.
(i) Qu'on réfléchît.
(j) Ils se ressemblent.
(k) En = de Saint Joseph.

controuvée (a). Je réponds que j'en estime (b) autant que de sa ceinture, qui est à Prat, et de celle qui est à Notre-Dame de Montserrat ; *item* (c) de sa pantoufle, qui est à Saint-Jacquerie, et un de ses souliers, qui est à Saint-Flour. Quand il n'y aurait autre chose, tout homme de moyenne prudence (d) sait bien que ce n'a pas été la façon (e) des fidèles de ramasser ainsi chausses et souliers pour faire des reliques, et que jamais il n'en fut fait mention de plus (f) de cinq cents ans après la mort de la vierge Marie. Qu'en faut-il de donc plus arguer (g), comme si la chose était douteuse ? Même ils ont voulu faire accroire à la sainte Vierge qu'elle était fort curieuse (h) à se parer et testonner (i), car ils montrent deux de ses peignes ; l'un, à Rome, en l'église de Saint-Martin, et l'autre, à Saint-Jean le Grand, de Besançon, sans ceux (j) qui se pourraient montrer ailleurs. Si cela n'est se moquer de la

---

(a) Inventée.

(b) J'y attache le même prix qu'à sa ceinture ; j'en fais le même cas.

(c) Pareillement.

(d) De moyenne intelligence.

(e) L'habitude, l'usage.

(f) Pendant plus de cinq cents ans.

(g) Pourquoi discuter davantage là-dessus ?

(h) Prêtait à discussion.

(i) S'arranger la tête.

(j) Sans parler de ceux.

Vierge, je n'entends point que c'est (a) de moquerie. Ils n'ont point oublié l'anneau de ses épousailles, car ils l'ont à Pérouse. Pource que maintenant la coutume est que le mari donne un anneau à sa femme en l'épousant, ils ont imaginé qu'il (b) se faisait ainsi adonc (c), et, sans en faire plus longue inquisition (d), ont député (e) un anneau à cet usage, beau et riche (f), ne considérant point la pauvreté en laquelle a vécu la Vierge. De ses robes, ils en ont à Rome, à Saint-Jean de Latran ; *item*, en l'église Sainte-Barbe ; *item*, à Sainte-Marie-sur-Minerve ; *item*, en l'église Sainte-Blaise, et à Saint-Salvador, en Espagne : pour le moins, ils se (g) disent en avoir des pièces (h). J'ai bien encore ouï nommer d'autres lieux, mais il ne m'en souvient. Pour montrer la fausseté, à cet endroit, il ne faudrait que regarder la matière (i), car il leur a semblé avis qu'il leur était aussi facile d'attribuer à la vierge Marie des vêtements à leur poste (j),

---

(a) Ce que c'est que.
(b) Que *cela* se faisait.
(c) Donc.
(d) Examen.
(e) Attribué.
(f) Qui suppose la richesse.
(g) Ils disent qu'ils ont.
(h) Morceau.
(i) Ce dont l'objet est fait.
(j) A leur goût.

comme de vêtir les images ainsi qu'ils les vêtent.

Il reste à parler des images, non point des communes (ᵃ), mais de celles qui sont en recommandation (ᵇ) par-dessus les autres, pour (ᶜ) quelque singularité. Or ils font accroire à saint Luc (ᵈ) qu'il en peignit quatre à Rome, au lieu où est maintenant l'église de Sainte-Marie, qu'ils appellent *in via lata*. L'une se montre là en un oratoire, laquelle (comme (ᵉ) ils disent) il fit à sa dévotion (ᶠ), avec l'anneau duquel (ᵍ) saint Joseph l'avait épousée. Il s'en montre à Rome même une autre à Sainte-Marie la Neuve, laquelle ils disent avoir été faite ainsi par saint Luc en Troade, et que depuis elle leur a été apportée par un ange ; *item*, une autre à Sainte-Marie Ara Cœli, en telle forme (ʰ) qu'elle était auprès de la croix. Mais à Saint-Augustin, ils se vantent d'avoir la principale (ⁱ), car c'est celle, si on les croit, que saint Luc portait toujours avec soi, jusques à la faire (ʲ) enterrer en son sépulcre. Je

---

(a) Ordinaires, celles qui se voient partout,
(b) Qui sont honorées.
(c) A raison de.
(d) Ils attribuent à Sᵗ Luc.
(e) Du moins.
(f) Par esprit de dévotion personnelle.
(g) Dont.
(h) Dans l'attitude où...
(i) La plus importante, probablement l'original.
(j) Au point de.

vous prie, quel blasphème (a) de faire d'un saint
évangéliste un idolâtre parfait (b) ? Et même
quelle couleur (c) ont-ils pour persuader (d) que
saint Luc ait été peintre ? Saint Paul le nomme (e)
bien médecin (1), mais du métier de peintre, je
ne sais où ils l'ont songé (f). Et quand ainsi serait
qu'il s'en fût mêlé (g), il est autant à présumer (h)
qu'il eût voulu peindre la vierge Marie, comme
un Jupiter ou une Vénus, ou quelque autre
idole : ce n'était pas la façon des chrétiens d'avoir
des images (i) ; et n'a été longtemps après (j),
jusques à ce que l'Église a été corrompue de
superstitions. D'autre part, tous les anglets (k)
du monde sont pleins des images de la vierge
Marie, qu'on dit qu'il a faites ; comme à Cambrai,
et deçà delà (l). Mais en quelle forme ? il y a
autant d'honnêteté comme qui voudrait por-

(a) Au sens calviniste. Voir l'introduction, p. 23.
(b) Complet.
(c) Prétexte.
(d) Faire accepter que.
(e) Déclare.
(f) Inventé, rêvé.
(g) Qu'il s'en soit occupé.
(h) Supposer.
(i) Portraits.
(j) Et il en fut de même longtemps après ; mot-à-mot,
longtemps après [cette façon] n'a pas été [existé].
(k) Les coins, les plus petits coins.
(l) D'un côté et de l'autre.

traire (a) une femme dissolue (b). Voilà comment Dieu les a aveuglés, qu'ils n'ont eu considération(c) non plus que bêtes brutes. Combien que je ne m'étonne pas trop de ce qu'ils ont imputé (d) à saint Luc d'avoir fait des images de la Vierge, vu qu'ils ont bien osé imposer le semblable (e) au prophète Jérémie, témoin le Puy en Auvergne. Il serait temps, ce crois-je (f), que le pauvre monde ouvrît les yeux une fois, pour voir ce qui est tant manifeste. Je laisse à parler (g) de saint Joseph, dont les uns en (h) ont des pantoufles, comme en l'abbaye Saint-Simon de Trèves ; les autres, ses chausses, comme nous avons déjà dit ; les autres, ses ossements. Il me suffit de l'exemple que j'ai allégué pour découvrir la sottise qui y est.

Je mettrai ici saint Michel, afin qu'il fasse compagnie à la vierge Marie. On pensera que je me gaudisse (i) en récitant (j) des reliques d'un ange, car les joueurs de farces même s'en sont

---

(a) Faire le portrait.
(b) Courtisane.
(c) En sorte qu'ils n'ont pas réfléchi que...
(d) Attribué.
(e) La même chose.
(f) A mon avis, du moins.
(g) Je ne parle pas.
(h) *En*, est explétif, ici.
(i) Je me moque, du latin *gaudere*, qui a un sens moins péjoratif.
(j) Citant.

moqués. Mais les cafards n'ont pas laissé (a) pourtant d'abuser tout à bon escient le pauvre peuple ; car à Carcassonne, ils se vantent d'en avoir des reliques, et pareillement à Saint-Julien de Tours. Au grand Saint-Michel, qui est si bien fréquenté des pèlerins, on montre son braquemart (b), qui est comme (c) un poignard à usage de petit enfant, et son bouclier de même, qui est comme la bossette (d) d'un mors de cheval : il n'y a homme ni femme si simple (e) qui ne puisse juger quelle moquerie c'est. Mais pource que tels mensonges sont couverts sous ombre (f) de dévotion, il semble avis que ce n'est point mal fait de se moquer de Dieu et de ses anges. Ils répliqueront que l'Écriture témoigne que saint Michel a combattu contre le diable (1). Mais s'il fallait vaincre le diable à l'épée, il la faudrait plus forte et de meilleure pointe (g), et de meilleur tranchant que n'est point celle-là (h). Sont-ils si bêtes d'imaginer que ce soit guerre charnelle (i), qu'ont tant les anges

(a) N'ont pas évité.
(b) Épée large et courte.
(c) qui ressemble.
(d) Termes techniques.
(e) Assez naïf pour.
(f) Sous prétexte de.
(g) Plus fine, en latin *acies*.
(h) Celle-là.
(i) Guerre, comme il s'en produit entre des êtres de chair, les hommes par exemple.

que les fidèles à l'encontre des diables, laquelle se démène (ᵃ) par glaive matériel ? Mais c'est ce que j'ai dit du commencement, que le monde méritait bien d'être séduit en telle bêtise, d'autant (ᵇ) qu'il était si pervers de convoiter des idoles et marmousets pour adorer, au lieu de servir au Dieu vivant.

Pour tenir ordre (ᶜ), il nous faut maintenant traiter de saint Jean-Baptiste, lequel, selon l'histoire évangélique, c'est-à-dire la vérité de Dieu, après avoir été décollé (ᵈ), fut enterré par ses disciples. Théodore, chroniqueur ancien de l'Église, raconte que son sépulcre, étant à Sébaste, ville de Syrie, fut ouvert par les païens quelque temps après et que ses os (ᵉ) furent brûlés par iceux (ᶠ), et la cendre éparse (ᵍ) dans l'air. Combien que Eusèbe ajoute que quelques hommes de Jérusalem survinrent là et en (ʰ) prirent en cachette quelque peu, qui fut porté en Antioche (ⁱ), et là enterré par Athanase en

____

(ᵃ) Se mène.
(ᵇ) Puisque.
(ᶜ) Pour suivre l'ordre [logique].
(ᵈ) Décapité.
(ᵉ) Ossements.
(ᶠ) Ces gens-là [les païens].
(ᵍ) Jetée de tous côtés, du latin *spargere, sparsum.*
(ʰ) En = de la cendre.
(ⁱ) A Antioche, comme on dit, aujourd'hui encore, en Avignon.

une muraille. Touchant de la tête (ᵃ), Sozomène (¹), un autre chroniqueur, dit qu'elle fut emportée par l'empereur Théodose auprès de la ville de Constantinople. Par quoi (ᵇ), selon les histoires anciennes, tout le corps fut brûlé, excepté la tête, et tous les os et les cendres perdus, excepté quelques petites portions que prirent les ermites de Jérusalem à la dérobée. Voyons maintenant ce qu'il s'en trouve. Ceux d'Amiens se glorifient (ᶜ) d'avoir le visage, et, en la (ᵈ) masque qu'ils montrent, il y a la marque d'un coup de couteau sur l'œil, qu'ils disent que Hérodias lui donna ; mais ceux de Saint-Jean d'Angély contredisent (ᵉ), et montrent la même partie. Quant au reste de la tête, le dessus, depuis le front jusques au derrière, était à Rhodes et est maintenant à Malte, comme je pense ; au moins (ᶠ) les commandeurs (ᵍ) ont fait accroire que le Turc le leur avait rendu. Le derrière est à Saint-Jean de Nemours ; la cervelle est à Nogent-le-Rotrou. Nonobstant cela, ceux de Saint-Jean-de-

---

(ᵃ) Quant à la tête [de Sᵗ Jean].
(ᵇ) D'où il résulte que.
(ᶜ) Tirent vanité.
(ᵈ) Masque était du féminin.
(ᵉ) Opposent un démenti.
(ᶠ) Du moins.
(ᵍ) Ceux qui présidaient à l'ordre des chevaliers de Malte.

Maurienne ne laissent (a) point d'avoir une partie
de la tête. Sa mâchoire ne laisse point à être à
Besançon, à Saint-Jean le Grand. Il y en a une
autre partie, à Saint-Jean de Latran, à Paris,
et, à Saint-Flour, en Auvergne, un bout de
l'oreille ; à Saint-Salvador, en Espagne, le front
et les cheveux ; il y en a aussi bien quelque
lopin (b) à Noyon, qui s'y montre fort authentiquement (c) ; il y en a semblablement une partie
à Lucques, je ne sais de quel endroit (d). Tout
cela est-il fait (e) ? Qu'on aille à Rome, et au
monastère de Saint-Sylvestre, et on oira (f) dire :
« Voici la tête de saint Jean-Baptiste. » Les poètes
feignent (g) qu'il y avait autrefois un roi en
Espagne, nommé Gérion (1), lequel avait trois
têtes : si nos forgeurs (h) de reliques en pouvaient
autant dire de saint Jean-Baptiste, cela leur
viendrait bien à point (i) pour les aider à mentir.
Mais puisque cette fable n'a point lieu (j), comment s'excuseront-ils ? Je ne veux point les

---

(a) Ne manquent point [de prétendre] qu'ils ont.
(b) Petit morceau.
(c) Solennellement, officiellement.
(d) Appartenant à je ne sais quelle partie du corps.
(e) Est-ce suffisant
(1) On entendra dire, du verbe ouïr (en latin, *audire*)
(g) Imaginent.
(h) Si ceux qui, chez nous, fabriquent des reliques.
(i) Cela les aiderait.
(j) N'a point ici de place.

presser de si près que de leur demander comment la tête s'est ainsi déchiquetée (ᵃ) pour être départie (ᵇ) en tant de lieux et si divers, ni comment c'est qu'ils l'ont eue de Constantinople ; seulement, je dis qu'il faudrait que saint Jean eût été un monstre (ᶜ), ou que ce sont abuseurs effrontés de montrer tant de pièces de sa tête.

Qui pis est, ceux de Sienne se vantent d'en avoir le bras, ce qui est répugnant (ᵈ), comme nous avons dit, à toutes les histoires anciennes. Et néanmoins, cet abus non seulement est souffert, mais aussi approuvé, comme (ᵉ) rien n'est trouvé mauvais au royaume de l'Antéchrist, moyennant qu'il (ᶠ) entretienne le peuple en superstition. Or, ils ont controuvé (ᵍ) une autre fable : c'est que, quand le corps fut brûlé, [que] le doigt dont il avait montré notre Seigneur Jésus-Christ demeura entier, sans être violé (ʰ). Cela non seulement n'est pas conforme aux histoires anciennes, mais même il (ⁱ) se peut aisé-

---

(ᵃ) Mise en morceaux.
(ᵇ) Partagée.
(ᶜ) Eût eu des proportions extraordinaires.
(ᵈ) Ce qui est en contradiction.
(ᵉ) Attendu que.
(ᶠ) Pourvu que *cela*.
(ᵍ) Inventé.
(ʰ) Touché.
(ⁱ) Cela.

ment rédarguer (a) par icelles (b), car Eusèbe et Théodore, nommément (b), disent que le corps était déjà réduit en os, quand les païens le ravirent. Et n'eussent eu garde d'oublier un tel miracle, s'il en eût été quelque chose, car ils ne sont autrement (c) que trop curieux (d) à en raconter, même de frivoles. Toutefois, encore qu'ainsi fût (e), oyons un petit (f) où est ce doigt. A Besançon, en l'église Saint-Jean le Grand, il y en a un ; à Toulouse, un autre ; à Lyon, un autre ; à Bourges, un autre ; à Florence, un autre ; à Saint-Jean des Aventures, près Mâcon, un autre. Je ne dis mot là-dessus (g), sinon que je prie mes lecteurs de ne se point endurcir (h) à l'encontre (i) d'un avertissement si clair et si certain, et ne point fermer les yeux à une telle clarté, pour (j) toujours se laisser séduire comme (k) en ténèbres. Si c'étaient joueurs de passe-passe (l)

(a) Réfuter.
(b) Grâce aux histoires anciennes.
(c) Par ailleurs.
(d) Trop enclins à.
(e) Quoiqu'il en fût.
(f) Un peu.
(g) A ce sujet.
(h) De n'être point insensibles.
(i) En face de.
(j) Au point de.
(k) Comme ils se laisseraient séduire.
(l) Nouvelle allusion aux jeux du temps.

qui nous éblouissent (a) les yeux, tellement qu'il
nous semblât avis qu'il y en eût six, encore
aurions-nous cet avis (b) de craindre d'être abusés.
Or, ici il n'y a nulle subtilité : il est seulement
question (c) si nous voulons croire que le doigt
de saint Jean soit à Florence et qu'il soit autre
part en cinq lieux ; autant (d) de Lyon et de
Bourges, et des autres. Ou, pour le dire plus
bref, si nous voulons croire que six doigts ne
soient qu'un, et qu'un seul soit six. Je ne parle
sinon (e) de ce qui est venu à ma notice (f). Je
ne doute pas que, si on enquérait (g) plus diligemment (h), [qu']il ne s'en trouvât encore une
demi-douzaine ailleurs. Et de la tête, qu'il ne
s'en trouvât encore des pièces (i) qui monte-
raient (j) bien la grosseur d'une tête de bœuf,
voire (k) outre ce que j'en ai dit. Or, de peur de
ne rien laisser derrière (l), ils ont aussi bien fait
semblant d'avoir les cendres, dont il y a une

(a) Aveuglent.
(b) Cette raison.
(c) Il ne s'agit ici que de savoir si...
(d) Pareillement.
(e) Que.
(f) A ma connaissance (du latin *notitia*).
(g) Si l'on faisait une enquête.
(h) Avec plus de soin.
(i) Des morceaux.
(j) Qui atteindraient.
(k) Et même.
(l) De ne rien oublier.

partie à Gênes, l'autre partie à Rome, en l'église de Saint-Jean de Latran. Or, avons-nous vu que la plupart (a) avait été jetée en l'air ; toutefois, ils ne laissent pas d'en avoir, comme (b) ils disent, une bonne portion, et principalement à Gênes.

Restent maintenant, après le corps, les autres appartenances (c), comme un soulier, qui est aux Chartreux de Paris, lequel fut dérobé, il y a douze ou treize ans. Mais incontinent il s'en retrouva un autre de nouveau. Et de fait, tant que l'enge (d) des cordonniers soit faillie (e), jamais ils n'auront faute (f) de telles reliques. A Rome, à Saint-Jean de Latran, ils se vantent d'avoir sa haire (g), de laquelle il n'est fait nulle mention en l'Évangile (1), sinon que, pource qu'il est là parlé qu'il était vêtu de poils de chameau, ils veulent convertir (h) une robe en haire. Là même, ils disent qu'ils ont l'autel sur lequel

---

(a) La plus grande partie.

(b) Du moins.

(c) Ce qui a appartenu [à St Jean].

(d) La race ; le mot a subsisté, dans le sens péjoratif, sous la forme *engeance*.

(e) Jusqu'à ce que en français moderne, la race aura disparu avant que...

(f) Ils ne manqueront de.

(g) L'instrument avec lequel le saint se serait mortifié = On connaît le vers fameux de Tartuffe :
Laurent, serrez ma haire *avec ma discipline...*
                                    (Tartuffe, III, 1).

(h) Transformer.

il priait au désert, comme si, de ce temps-là, on eût fait des autels à tout propos et en chacun (a) lieu. C'est merveille qu'ils ne lui font pas accroire (b) qu'il ait chanté messe. En Avignon, est l'épée de laquelle (c) il fut décollé, et, à Aix en Allemagne, le linceul, lequel fut étendu sous lui. Je voudrais bien savoir comment le bourreau était si gracieux (d) que de lui tapisser le pavé de la prison, quand il le voulait faire mourir. N'est-ce pas une sotte chose de controuver (e) cela ? Mais encore, comment l'un et l'autre (f) sont-ils venus entre leurs mains ? Pensez-vous qu'il est bien vraisemblable que celui qui le mit à mort, fût-il un gendarme ou un bourreau, donnât le linceul et son épée pour en faire une relique ? Puisqu'ils voulaient faire une telle garniture (g) de toutes pièces, ils ont failli (h) de laisser le couteau de Hérodias, dont elle frappa l'œil, tout le sang qui fut répandu, et même son sépulcre. Mais je pourrais bien aussi errer (i), car je

---

(a) Chaque.
(b) Qu'ils ne prétendent pas que.
(c) Avec laquelle.
(d) Si aimable.
(e) D'inventer.
(f) L'épée et le linceul.
(g) Collection.
(h) Ils ont eu tort.
(i) Me tromper.

ne sais pas si toutes ces bagues (a) sont autre part.

C'est maintenant aux apôtres d'avoir leur tour. Mais pource que la multitude pourrait engendrer la confusion, si je les mettais tous ensemble, nous prendrons saint Pierre et saint Paul à part, puis nous parlerons des autres. Leurs corps sont à Rome, la moitié en l'église Saint-Pierre, et l'autre moitié à Saint-Paul. Et disent que saint Sylvestre les pesa, pour les distribuer ainsi (b) en égales portions (c). Les deux têtes sont aussi à Rome, à Saint-Jean de Latran, combien que en la même église il y a une dent de saint Pierre à part. Après tout cela, on ne laisse pas d'en avoir des os partout : comme (d) à Poitiers, on a la mâchoire avec la barbe ; à Trèves, plusieurs os de l'un et de l'autre (e) ; à Argenton en Berry, une épaule de saint Paul. Et quand serait-ce fait (f) ? Car partout où il y a église qui porte leurs noms, il y en a des reliques. Si on demande quelles (g), qu'on se souvienne de la cervelle de saint Pierre, dont j'ai parlé, qui était au grand autel de cette

---

(a) Ces objets, d'où le mot *bagage.*
(b) De cette manière.
( ) En parties égales.
(d) Ainsi, par exemple.
(e) St Pierre et St Paul.
(f) Quand serait-ce fini ?
(g) De quelle nature.

ville. Tout ainsi (ᵃ) qu'on trouve (ᵇ) que c'était une pierre d'éponge, ainsi trouverait-on beaucoup d'os de chevaux ou de chiens qu'on attribue à ces deux apôtres.

Avec les corps, il y a la suite (ᶜ). A Saint-Salvador, en Espagne, ils en ont une pantoufle ; de la forme et de la matière, je n'en (ᵈ) puis répondre, mais il est bien à présumer que c'est une semblable marchandise que celles qu'ils ont à Poitiers, lesquels sont d'un satin broché d'or. Voilà comment on le fait brave (ᵉ) après sa mort, pour le récompenser de la pauvreté qu'il a eue sa vie durant (ᶠ). Pource que les évêques de maintenant sont ainsi (ᵍ) mignons (ʰ), quand ils se mettent en leur pontificat (ⁱ), il leur semble avis que ce serait déroger à la dignité des apôtres, si on ne leur (ʲ) en faisait autant. Or, les peintres peuvent bien contrefaire (ᵏ) des marmousets à

(a) De même que.
(b) On découvre que...
(c) La suite, c'est-à-dire les différents objets qui ont appartenu aux bienheureux, les « appartenances ». Cf. *supra*.
(d) *en*, explétif.
(e) Glorieux de sa personne, bien mis.
(f) Pendant qu'il vivait.
(g) De la façon qu'on prête à Sᵗ Pierre, à Sᵗ Paul.
(h) Mignons = coquets.
(i) Quand ils exercent leurs fonctions de pontifes.
(j) Aux deux bienheureux.
(k) Imiter sur la toile.

leur plaisir (ᵃ), les dorant et ornant depuis la tête
jusques aux pieds, puis après leur imposer le
nom de saint Pierre ou de saint Paul. Mais on
sait quel a été leur état (ᵇ) pendant qu'ils ont
vécu dans le monde, et qu'ils n'ont eu d'autres
accoutrements que (ᶜ) de pauvres gens. Il y a
aussi bien à Rome la chaire épiscopale de saint
Pierre (¹), avec sa chasuble, comme si de ce
temps-là les évêques eussent eu des trônes pour
s'asseoir. Mais (ᵈ) leur office était d'enseigner,
de consoler, d'exhorter en public et en particulier, et montrer exemple de vraie humilité à
leur troupeau, non point de faire des idoles,
comme font ceux de maintenant. Quant est de la
chasuble, la façon (ᵉ) n'était point encore venue
de se déguiser, car on ne jouait point des farces (ᶠ)
en l'Église, comme on fait maintenant. Ainsi pour
prouver que saint Pierre eut une chasuble, il
faudrait premièrement montrer qu'il aurait fait
du bateleur (ᵍ), comme font nos prêtres de maintenant, en voulant servir [à] Dieu (ʰ). Il est vrai
qu'ils lui pouvaient bien donner une chasuble,

(a) A leur fantaisie.
(b) Manière de vivre.
(c) Que ceux des pauvres gens.
(d) Au contraire.
(e) La mode.
(f) Des comédies ; terme désobligeant pour la messe.
(g) Comédies de bas étage.
(h) Servir Dieu.

quand (a) ils lui ont assigné (b) un autel : mais autant a de couleur (c) l'un comme l'autre. On sait quels messes on chantait alors. Les apôtres ont célébré de leur temps, simplement, la Cène de notre Seigneur, à laquelle (d) il n'est point métier d'avoir un autel. De la messe (e), on ne savait encore quelle bête c'était, et ne l'a-t-on pas su longtemps après. On voit bien donc que, quand ils ont inventé leurs reliques, ils ne se doutaient point de jamais avoir (f) de contredisants (g), vu qu'ils ont osé ainsi impudemment mentir à bride avalée (h). Combien que de cet autel, ils ne conviennent (i) point entre eux. Car ceux de Rome affirment qu'ils l'ont, et ceux de Pise le montrent aussi bien au faubourg tisant (j) vers la mer. Pour faire leur profit de tout, ils n'ont point oublié le couteau duquel (k) Malchus eut l'oreille coupée (1), comme si c'était un joyau

(a) Puisque.

(b) Attribué.

(c) Mais l'idée de lui donner un autel et autant de vraisemblance que celle de lui donner une chasuble.

(d) Où.

(e) A propos de la messe.

(f) Qu'ils rencontreraient un jour.

(g) Des gens qui leur opposeraient un démenti.

(h) Expression triviale = comme des chevaux qui ont avalé leur bride, comme des gens que rien ne retient plus.

(i) Ils ne sont point d'accord.

(j) Qui va vers.

(k) Dont.

digne de mettre en relique (a). J'avais oublié sa crosse (b), laquelle se montre à Saint-Étienne des Grès, à Paris, de laquelle il faut estimer (c) autant que de l'autel, ou de la chasuble, car c'est une même raison.

Il y a un petit (d) plus d'apparence (e) à son bourdon (f), car il est bien à présumer qu'il pouvait être armé de tel (g) bâton, allant (h) par les champs. Mais ils gâtent tout, de ne se pouvoir accorder, car ceux de Cologne se font fort de l'avoir, et ceux de Trèves semblablement. Ainsi, en démentant (i) l'un l'autre, ils donnent bien occasion (j) qu'on n'ajoute nulle foi à tous deux. Je laisse à parler (k) de la chaîne de saint Paul, dont il fut lié, laquelle se montre à Rome, en son église. *Item* (l), du pilier sur lequel saint Pierre fut martyrisé, lequel est à Saint-Anastase.

(a) De proposer en relique.
(b) Sorte de bâton, généralement en métal, argent ou or, et qui symbolise la puissance du pasteur sur son troupeau.
(c) A laquelle il faut attacher autant de prix qu'à...
(d) Un peu.
(e) De vraisemblance.
(f) Le mot est défini plus loin = bâton de pèlerin.
(g) D'un pareil bâton.
(h) Quand il allait...
(i) Se contredisant.
(j) Ils fournissent des raisons pour...
(k) Je ne parle pas.
(l) Il en est de même.

Je laisse seulement à penser aux lecteurs dont (a) est-ce que cette chaîne a été prise pour en faire une relique ; *item* (b), à savoir si, en ce temps-là, on exécutait les hommes sur des piliers.

Nous traiterons en commun (c) de tous les autres apôtres pour avoir plus tôt fait (d). Et premièrement, nous raconterons où il y en (e) a des corps entiers, afin qu'en faisant conférence (f) de l'un à l'autre, on juge quel arrêt (g) on peut prendre sur leur dire. Chacun sait que la ville de Toulouse en pense (h) avoir six, à savoir saint Jacques le Majeur, saint André, saint Jacques le Mineur, saint Philippe, saint Simon et saint Jude. A Padoue est le corps [de] saint Mathias (i) ; à Salerne, le corps [de] saint Mathieu ; à Orthonne, celui de saint Thomas ; au royaume de Naples, celui de saint Barthélemy. Avisons (j) maintenant lesquels ont deux corps ou trois. Saint André a un second corps à Melphe ; saint Philippe et saint Jacques le Mineur, chacun aussi un autre

---

(a) D'où.
(b) Je laisse à penser.
(c) En gros, en une seule fois.
(d) Pour en finir plus vite.
(e) En = explétif.
(f) Comparaison, du mot *conferre*, mettre en présence.
(g) Conclusion : il s'agit ici d'une sorte de procès.
(h) S'imagine.
(i) De.
(j) Réfléchissons.

à Rome, *ad sanctos Apostolos* ; saint Simon et saint Jude, aussi bien [a] à Rome, à l'église Saint-Pierre ; saint Barthélemy, à Rome, en son église. En voilà déjà six qui ont deux corps chacun. Et encore, de superabondant [b], la peau de saint Barthélemy est à Pise. Toutefois, saint Mathias a emporté [c] tous les autres, car il a un corps à Rome, à Sainte-Marie la Majeure, et le troisième à Trèves. Outre cela, encore a-t-il une tête à part et un bras à part, à Rome même. Il est vrai que les lopins, qui sont de saint André çà et là, récompensent [d] à demi, car à Rome, à l'église Saint-Pierre, il a une tête ; en l'église Saint-Chrysogone, une épaule ; à Saint-Eustache, une côte, et au Saint-Esprit, un bras ; à Saint-Blaise, je ne sais quelle autre partie ; à Aix-en-Provence, un pied. Qui conjoindrait [e] cela ensemble, ce serait tantôt pour en faire deux quartiers [f], moyennant qu'on les pût bien proportionner. Or, comme saint Barthélemy a laissé la peau à Pise, aussi y a-t-il une main ; à Trèves, il y en [g] a je ne sais quel membre ;

(a) Et encore.
(b) Par surcroît.
(c) L'a emporté.
(d) Compensent.
(e) Celui qui réunirait.
(f) Deux personnages.
(g) En = de Saint André.

à Fréjus, un doigt ; à Rome, en l'église Sainte-Barbe, d'autres reliques. Ainsi encore n'est-il point des plus pauvres ; les autres n'en ont pas tant .Toutefois, chacun en a encore quelque lopin. Comme (a) saint Philippe a un pied à Rome, *ad sanctos Apostolos*, et, à Sainte-Barge, je ne sais quelles reliques. *Item*, plus à Trèves. En ces deux dernières églises, il a semblablement saint Jacques pour compagnon, lequel a semblablement une tête en l'église Saint-Pierre, et un bras à Saint-Chrysogone, et un autre *ad sanctos Apostolos*. Saint Mathieu et saint Thomas sont demeurés les plus pauvres, car le premier n'a, avec son corps, sinon (b) quelques os à Trèves, un bras, à Rome, à Saint-Marcel, et à Saint-Nicolas une tête. Sinon (c) que, par aventure (d), il m'en soit échappé quelque chose, ce qui se pourrait bien faire, car en tel abîme qui n'y serait confus ?

Pource qu'ils trouvent en leurs chroniques que le corps [de] saint Jean l'évangéliste s'évanouit (e) incontinent après qu'on l'eut mis en la fosse, ils n'ont pu produire (f) ses ossements, mais pour

(a) Ainsi.
(b) Que.
(c) A moins que..
(d) Par hasard.
(e) Disparut.
(f) Mettre en avant, exposer, du latin *producere*.

suppléer ce défaut (a), ils se sont rués (b) sur son bagage (c). Et premièrement, ils se sont avisés du calice où il but le poison, étant condamné par Domitien. Mais pource que .deux l'ont voulu avoir, ou il nous faut croire ce que disent les alchimistes de leur multiplication, ou ceux-ci, avec leur calice, se sont moqués du monde. L'un est à Boulogne, et l'autre à Rome, à saint-Jean de Latran. Ils ont puis après controuvé (d) son hoqueton (e), et une chaîne dont il était lié, quand on l'amena prisonnier d'Éphèse, avec l'oratoire (f) où il soulait (f) prier, étant (g) en la prison. Je voudrais bien savoir s'il y avait lors des menuisiers à louage (h) pour lui faire des oratoires ; *item*, quelle familiarité avaient les chrétiens avec sa garde (i), pour retirer (j) la chaîne et en faire une relique ? Ces moqueries (k) sont trop sottes (l)

(a) Cette absence, ce manque.

(b) Expression destinée à marquer l'avidité des « forgeurs » de reliques.

(c) L'ensemble de ce qui lui appartint, de son vivant, — de ses bagues. Voir plus haut.

(d) Inventé.

(e) Casaque de coton.

(f) Le prie-Dieu, où il avait coutume (*soulait*, du latin *solere*).

(g) Quand il était.

(h) Qu'on pût faire travailler, moyennant salaire.

(i) Ceux qui gardaient Saint Jean.

(j) Au point de pouvoir enlever avec eux.

(k) Ces plaisanteries.

(l) Trop dépourvues d'intelligence.

[et] fût-ce pour abuser les petits enfants. Mais le joyau le plus férial (a) est des douze peignes des apôtres, qu'on montre à Notre-Dame de l'Ile, sus (b) Lyon. Je pense bien qu'ils ont été du commencement là mis pour faire accroire qu'ils étaient aux douze pairs de France (1), mais depuis leur dignité s'est accrue, et sont devenus apostoliques (c).

Il nous faut dorénavant dépêcher, ou autrement jamais nous ne sortirions de cette forêt. Nous réciterons donc en bref (d) les reliques qu'on a des saints, qui ont été du temps que notre Seigneur Jésus-Christ vivait ; puis, conséquemment (e), des martyrs anciens et des autres saints. Sur cela les lecteurs auront à juger quelle estime (f) ils en (g) devront avoir. Sainte Anne (2), mère de la vierge Marie, a l'un de ses corps à Apt en Provence ; l'autre, à Notre-Dame de l'Ile, à Lyon ; outre cela, elle a une tête à Trèves ; l'autre, à Duren en Julliers ; l'autre, en Thuringe, en une ville nommée de son nom. Je laisse (h)

(a) Celui qui dénonce la plus grande sottise.
(b) Au-dessus.
(c) Ont été attribués aux apôtres.
(d) Rapidement.
(e) En suivant l'ordre chronologique.
(f) Quelle opinion.
(g) En = des reliques.
(h) Je laisse de côté.

les pièces qui sont en plus de cent lieux ; et entre autres il me souvient que j'en ai baisé une partie en l'abbaye d'Ourscamp, près Noyon, dont on fait grand festin (a). Finalement (b), elle a un de ses bras à Rome, en l'église Saint-Paul. Qu'on prenne fondement (c) là-dessus, si on peut.

Il y a puis après (d) le Lazare, et la Madeleine sa sœur ([1]). Touchant de lui, il n'a que trois corps, que je sache : l'un est à Marseille ; l'autre, à Autun ; le troisième, à Avallon. Il est vrai que ceux (e) d'Autun en (f) ont eu gros procès à l'encontre de ceux d'Avallon ; mais après avoir dépendu (g) beaucoup d'argent d'un côté et d'autre (h), ils ont tous deux gagné leur cause (i) ; pour le moins, ils sont demeurés en possession du titre. Pource que la Madeleine était femme, il fallait qu'elle fût inférieure à son frère ; pourtant (j) elle n'a eu que deux corps, dont l'un est à Vézelay, près d'Auxerre ; et l'autre, qui est de plus grand renom, à Saint-Maximin, en Pro-

----

(a) A propos de laquelle on fait une grande fête.
(b) Enfin.
(c) Qu'on s'appuie là-dessus.
(d) Ensuite.
(e) Les catholiques d'Autun.
(f) En = à ce sujet.
(g) Dépensé.
(h) Chez les deux « parties ».
(i) Procès.
(j) Par conséquent.

vence, là où est la tête à part, avec son *noli me tangere* (1), qui est un lopin (a) de cire, qu'on pense (b) être la marque que Jésus lui fit par dépit (c), pource qu'il était marri (d) qu'elle le voulait toucher. Je ne dis (e) pas les reliques qui en (f) sont dispersées par (g) tout le monde tant de ses os que de ses cheveux. Qui voudrait avoir certitude de cela, il s'enquerrait, pour le premier (h), à savoir si le Lazare et ses deux sœurs Marthe et Madeleine sont jamais venus en France pour prêcher. Car en lisant les histoires anciennes, et en jugeant du tout avec raison (i), on voit évidemment (j) que c'est la plus sotte fable du monde, et laquelle a autant d'apparence (k) que si on disait que les nuées sont peaux de veau ; et néanmoins ce sont les plus certaines reliques qu'on ait. Mais encore que ainsi fût, il suffisait d'abuser d'un corps en idolâtrie (l), sans faire d'un diable deux ou trois.

(a) Morceau : on dit encore, un lopin de terre.
(b) Qu'on croit.
(c) Par colère.
(d) Fâché.
(e) Parle.
(f) En = de Lazare et de Madeleine.
(g) A travers *(per)*.
(h) D'abord.
(i) Avec réflexion.
(j) Avec évidence.
(k) De vraisemblance.
(l) Et de le traiter avec idolâtrie.

Ils ont aussi bien (a) canonisé celui qui perça le côté de notre Seigneur (1) en (b) la croix, et l'ont appelé saint Longin. Après l'avoir baptisé, ils lui ont donné deux corps, dont l'un est à Mantoue ; l'autre, à Notre-Dame de l'Ile, près Lyon. Ils ont fait le semblable (c) des sages (d) qui vinrent adorer notre Seigneur après sa nativité (1). Premièrement, ils ont déterminé (e) du nombre, disant qu'ils n'étaient que trois. Or, l'Évangile ne dit pas combien ils étaient ; et aucuns (f) des docteurs anciens ont dit qu'ils étaient quatorze, comme (g) celui qui a écrit le commentaire imparfait (h) sur saint Mathieu, qu'on intitule (i) de Chrysostôme. Après, au lieu que l'Évangile les dit philosophes, ils en ont fait des rois à la hâte, sans pays et sans sujets. Finalement, ils les ont baptisés, donnant à l'un nom Balthasar ; à l'autre, Melchior ; et à l'autre, Gaspard. Or, que nous leur concédions toutes

---

(a) Encore.

(b) Sur la croix ; cet *en* est une transcription de la préposition latine, *in cruce.*

(c) La même chose.

(d) Philosophes, et non Rois, comme Calvin essaie de le démontrer plus loin.

(e) Ils ont fixé.

(f) Personne parmi les anciens docteurs.

(g) Par exemple.

(h) Inachevé.

(i) Qu'on attribue à.

leurs fables, ainsi (a) frivoles qu'elles sont, il est certain que les sages retournèrent au pays d'Orient ; car la sainte Écriture le dit, et ne peut-on dire autre chose, sinon qu'ils moururent là. Qui est-ce qui les en (b) a transportés depuis ? Et qui est-ce qui les connaissait, pour les marquer, afin de faire ainsi des reliques de leurs corps ? Mais je m'en déporte (c), d'autant que c'est folie à moi de rédarguer (d) des moqueries tant évidentes. Seulement, je dis qu'il faut que ceux de Cologne et ceux de Milan se débattent (e) à qui les aura, car tous deux prétendent ensemble de (f) les avoir, ce qui ne se peut faire (g). Quand leur procès sera vidé, lors nous aviserons [ce] qu'il sera de faire (h).

Entre les martyrs anciens, saint Denis (1) est des plus célébrés, car on le tient pour un des disciples des apôtres et le premier évangéliste (i) de France. A cause de cette dignité, on a de ses reliques en plusieurs lieux. Toutefois le corps est demeuré entier seulement en deux lieux, à

(a) Si frivoles qu'elles soient.
(b) En = de là.
(c) Je m'en désintéresse.
(d) Réfuter.
(e) Se disputent.
(f) Prétendent les posséder.
(g) Ce qui est impossible.
(h) Ce qu'il faudra faire, ce qu'il conviendra de faire.
(i) Celui qui a le premier évangélisé la France.

Saint-Denis, en France, et à Ratisbonne, en Allemagne. Pour ce que les Français maintenaient (a) de l'avoir, ceux de Ratisbonne en (b) émurent le procès à Rome, il y a environ cent ans, et le corps leur fut adjugé (c) par sentence définitive, présent (d) l'ambassadeur de France, dont (e) ils ont belle (f) bulle. Qui dirait, à Saint-Denis près Paris, que le corps n'est point là, il (g) serait lapidé. Quiconque voudra contredire (h) qu'il ne soit à Ratisbonne sera tenu pour hérétique, d'autant qu'il sera rebelle au Saint-Siège apostolique. Ainsi, le plus expédient sera de ne s'entremettre point en leur querelle. Qu'ils se crèvent les yeux les uns aux autres, s'ils veulent, et, en ce faisant, qu'ils ne profitent de rien, sinon pour découvrir (i) que tout leur cas gît en mensonge.

De saint Étienne (1), ils ont tellement parti (j) le corps qu'il est entier à Rome en son église ;

(a) Avaient la prétention de.
(b) En = à ce sujet.
(c) Attribué.
(d) En présence de.
(e) [Ce] dont = et de cette attribution.
(f) Belle, authentique.
(g) Qui dirait... [il] serait lapidé, rappel du sujet contenu dans qui.
(h) Dire le contraire, à savoir que.
(i) Montrer, ou plutôt laisser voir.
(j) Partagé.

le chef (ᵃ), en Arles ; et des os, en plus de deux cents lieux. Mais pour montrer qu'ils sont des adhérents (ᵇ) de ceux qui l'ont meurtri (ᶜ), ils ont canonisé les pierres dont il a été lapidé. On demandera où c'est qu'on les a pu trouver et comment ils les ont eues, de quelles mains et par quel moyen. Je réponds brièvement que cette demande est folle, car on sait bien qu'on trouve partout des cailloux, tellement que la voiture n'en (ᵈ) coûte guère. A Florence, en Arles aux Augustins, au Vigan en Languedoc, on en montre. Celui qui voudra fermer les yeux et l'entendement croira que ce sont les propres (ᵉ) pierres dont saint Étienne fut lapidé ; celui qui voudra un peu considérer (ᶠ) s'en moquera. Et de fait, les Carmes de Poitiers en (ᵍ) ont bien trouvé un depuis quatorze ans, auquel ils ont assigné l'office (ʰ) de délivrer les femmes, lesquelles sont en travail d'enfant. Les Jacobins, auxquels on avait dérobé une côte de sainte Marguerite, ser-

---

(a) La tête.
(b) Partisans.
(c) Assassiné. Meurtrir a, au xvɪᵉ, le sens de donner la mort.
(d) En = de cailloux.
(e) Les pierres même.
(f) Réfléchir.
(g) En, explétif.
ʰ) La mission.

vant à cet usage (a), leur en ont fait grand'-
noise (b), criant contre leur abus ; mais à la fin,
ils (c) ont gagné en tenant bon.

J'avais quasi délibéré (d) de ne parler point
des innocents (1), pource que, quand j'en aurais
assemblé une armée, ils (e) répliqueront toujours
que cela ne contrevient (f) point à l'histoire,
d'aûtant que le nombre n'en est point défini (g).
Je laisse donc à parler de la multitude. Seulement, qu'on note qu'il y en a de toutes les régions
du monde. Je demande maintenant comment
c'est qu'on les a apportées ? Ils ne me peuvent
répondre autre chose, sinon que ce a été cinq
ou six cents ans après leur mort. Je m'en rapporte aux plus pauvres idiots qu'on pourra trouver, si (h) on doit ajouter foi à des choses tant
absurdes. Après, encore qu'il s'en fût trouvé
par fortune (i) quelqu'un, comment se pouvait-il
faire qu'on en apporta plusieurs corps en France,
en Allemagne, en Italie, pour les distribuer en
des villes tant éloignées l'une de l'autre ? Je

(a) A délivrer les femmes.
(b) Chicane.
(c) Ils, les carmes de Poitiers.
(d) J'avais l'intention.
(e) Les papistes.
(f) Contredit.
(g) Arrêté.
(h) Je m'en rapporte [pour décider] si.
(i) Par hasard.

laisse donc cette fausseté pour convaincue (a) du tout.

Pourtant que saint Laurent (1) est du nombre des anciens martyrs, nous lui donnerons ici son lieu. Je ne sais point que son corps soit en plus d'un lieu, c'est à savoir Rome, en l'église dédiée de (b) son nom ; il est vrai qu'il y a puis après un vaisseau (c) de sa chair grillée ; *item*, deux fioles pleines, l'une de son sang et l'autre de sa graisse ; *item*, en l'église surnommée Palisperne, son bras et de ses os ; et à saint Sylvestre, d'autres reliques. Mais si on voulait amasser tous les ossements qui s'en (d) montrent seulement en France, il y aurait pour former deux corps, au long et au large (e). Il y a puis après la grille sur laquelle il fut rôti, combien que l'église qu'on surnomme Palisperne, se vante d'en avoir une pièce. Or, pour la grille, encore la laisserais-je passer ; mais ils ont d'autres reliques trop feriales (f), dont il ne m'est point licite de me taire, comme des charbons qu'on montre à Saint-Eustache ; *item*, une serviette dont l'ange torcha (g) son corps.

(a) Démontrée.
(b) A.
(c) Un vase [contenant] de sa chair grillée.
(d) En = de St Laurent.
(e) Dans toutes les dimensions.
(f) Trop ridicules.
(g) Essuya.

Puisqu'ils ont pris le loisir de songer telles rêveries pour abuser le monde, que ceux qui verront cet avertissement prennent aussi loisir de penser à eux, pour se garder (a) de n'être plus ainsi moqués. D'une même forge (b) est sortie sa tunique, qu'on montre à Rome même, en l'église Sainte-Barbe. Pource qu'ils ont ouï-dire que saint Laurent était diacre, ils ont pensé qu'il devait avoir les mêmes accoutrements dont leurs diacres se déguisent, en jouant (c) leur personnage à la messe. Mais c'était bien un autre office (d), de ce temps-là, en l'Église chrétienne, que ce n'est à présent à la papauté (e) : c'étaient les commis ou députés (e) à distribuer les aumônes (1), et non point bateleurs pour jouer des farces (f). Ainsi, ils n'avaient que faire de tuniques, ni dalmatiques (g), ni autre habits de fols, pour se déguiser (h).

Nous ajouterons, à saint Laurent, saint Gervais et saint Protais (4), desquels le sépulcre fut trouvé

(a) Éviter.
(b) Du même besoin d'inventer.
(c) Quand ils jouent.
(d) Une autre fonction.
(e) Préposés.
(f) Toujours la même manière de désigner la messe et les cérémonies catholiques.
(g) Ornement propre au diacre : sorte de tunique.
(h) L'expression rentre dans la comparaison des « bateeurs » qui « jouent des farces ».

à Milan du temps de saint Ambroise, comme lui-même le testifie (a) ; pareillement, saint Jérôme et saint Augustin, et plusieurs autres. Ainsi la ville de Milan maintient (b) qu'elle a encore le corps. Nonobstant cela, ils sont à Brisach, en Allemagne, et à Besançon, en l'église parochiale (c) de Saint-Pierre ; sans (d) les pièces infinies (e) qui sont éparses en diverses églises, tellement qu'il faut nécessairement que chacun (f) ait eu quatre corps pour le moins, ou qu'on jette aux champs tous les os qui s'en (g) montrent à fausses enseignes (h).

Pource qu'ils ont donné à saint Sébastien (1) l'office (i) de guérir de la peste, cela a fait qu'il a été plus requis (j) et que chacun a plus appété (k) de l'avoir ; ce crédit (l) l'a fait multiplier en quatre corps entiers, dont l'un est à Rome, à Saint-Laurent ; l'autre, à Soissons ; le troisième, à Piligny, près Nantes ; le quatrième, près de

---

(a) L'atteste.
(b) Prétende.
(c) Paroissiale.
(d) Sans parler de.
(e) Innombrables.
(f) Chacun d'eux, St Gervais et St Protais.
(g) En = d'eux.
(h) A tort, grâce à des enseignes qui mentent.
(i) La fonction.
(j) Demandé.
(k) Désiré.
(l) Le crédit dont jouissait ce saint.

Narbonne, au lieu de sa nativité. En outre, il a deux têtes, l'une à Saint-Pierre de Rome, et l'autre, aux Jacobins de Toulouse. Il est vrai qu'elles sont creuses, si on se rapporte aux Cordeliers d'Angers, lesquels se (a) disent en avoir la cervelle. *Item* plus les Jacobins d'Angers en ont un bras ; il y en a un autre à Saint-Sernin de Toulouse ; un autre, à la Chaise-Dieu, en Auvergne, et un autre à Montbrison, en Forez ; sans (b) les menus lopins qui en (c) sont en plusieurs églises. Mais quand on aura bien contre-pesé (d), qu'on devine où est le corps de saint Sébastien ? Même, ils n'ont pas été contents de tout cela, s'ils ne faisaient aussi bien (e) des reliques des (f) flèches dont il fut tiré (g) ; desquelles ils en montrent une à Lambesc, en Provence ; une, à Poitiers, aux Augustins ; et les autres par-ci par-là. Par cela voit-on bien qu'ils ont pensé (h) de ne jamais rendre compte (i) de leurs tromperies.

(a) Ils disent qu'ils en ont la cervelle.
(b) Sans parler de.
(c) En = de lui.
(d) Pesé à plusieurs reprises.
(e) Encore.
(f) Avec les flèches.
(g) Dont on tira sur lui. Emploi du passif, qui s'explique par le latin.
(h) Cru.
(i) Qu'ils ne rendraient jamais compte.

Une semblable raison a valu à saint Antoine ([1])
pour lui multiplier ses reliques, car, d'autant que
c'est un saint colère et dangereux, comme ils le
feignent, lequel brûle ceux à qui ([a]) il se cour-
rouce, par cette opinion il se fait craindre et
redouter. La crainte a engendré dévotion, laquelle
a aiguisé l'appétit ([b]) pour faire désirer d'avoir
son corps, à cause du profit. Par quoi ([c]) la ville
d'Arles en a eu grand combat et long contre les
Antonens ([d]) de Viennois, mais l'issue ([e]) n'en a
été autre qu'elle a été accoutumé d'être en telle
matière, c'est-à-dire que tout est demeuré en
confus. Car, si on voulait liquider ([f]) la vérité,
nulle des parties n'aurait bonne cause ([g]). Avec ([h])
ces deux corps, il a un genou aux Augustins
d'Albi ; à Bourg, à Mâcon, à Dijon, à Châlons,
à Ouroux, à Besançon, des reliques de ✦divers
membres, sans ce qu'en portent les quêteurs,
qui ([i]) n'est point petite quantité. Voilà que
c'est ([j]) d'avoir le bruit ([k]) d'être mauvais, car

(a) Ceux contre qui.
(b) Le désir en quelque sorte matériel.
(c) D'où il suit que...
(d) Religieux de St Antoine.
(e) Le résultat.
(f) Mettre au clair, résoudre.
(g) Gain de cause.
(h) En outre de.
(i) Ce qui.
(j) Ce que c'est.
(k) La réputation.

sans cela le bon saint fût demeuré en sa fosse, ou en quelque coin, sans qu'on en eût tenu compte.

J'avais oublié sainte Pétronille ([1]), la fille de saint Pierre, laquelle a son corps entier à Rome, en l'église de son père ; *item* plus, des reliques à part à Sainte-Barbe. Mais elle ne laisse point ([a]) pourtant d'en avoir un autre au Mans, au couvent des Jacobins, lequel est là tenu en grande solennité, pource qu'il guérit des fièvres. D'autant ([b]) qu'il y a plusieurs saints nommés Suzanne, je ne sais bonnement ([c]) si leur intention a été de redoubler le corps d'une ; mais tant y a ([d]) qu'il y a un corps de sainte Suzanne à Rome, en l'église dédiée de son nom, et un autre, à Toulouse. Sainte Hélène n'a pas été si heureuse, car, outre son corps qui est à Venise, elle n'a gagné de superabondant ([e]) qu'une tête, laquelle est à Saint-Géréon de Cologne. Sainte Ursule ([1]) l'a surmontée en cette partie ([f]) : son corps, premièrement, est à Saint-Jean-d'Angély ; elle a puis après une tête à Cologne ; une portion, aux Jacobins du Mans ; une autre, aux jacobins de

---

(a) Elle ne manque point.
(b) Vu que.
(c) A dire le vrai.
(d) Toujours est-il que.
(e) Par surcroît.
(f) Sur ce point.

Tours ; l'autre, à Bergerac. De ses compagnes, qu'on appelle les onze mille vierges, on en a bien pu avoir partout. Et de fait, ils se sont bien aidés de cela (a) pour oser mentir plus librement, car, outre cent charretées d'ossements, qui sont à Cologne, il n'y a à grand'peine ville en toute l'Europe, qui n'en soit remparée (b), ou en une église ou en plusieurs.

Si j'accommençais (c) à faire les montres (d) des saints vulgaires (e), j'entrerais en une forêt dont (f) je ne trouverais jamais issue. Par quoi je me contenterai d'alléguer quelques exemples en passant, dont (g) on pourra faire jugement de tout le reste. A Poitiers, il y a deux églises qui se combattent (h) du corps [de] saint Hilaire (1), à savoir les chanoines de son église et les moines de la Selle ; le procès en est pendant au crochet (i), jusques à ce qu'on en fasse visitation. Cependant (j) les idolâtres (k) seront contraints d'adorer

---

(a) De ce fait qu'il y en eût onze mille.
(b) Protégée comme d'un rempart.
(c) Si je commençais.
(d) L'exhibition.
(e) Ordinaires.
(f) D'où.
(g) Grâce auxquels.
(h) Se disputent.
(i) En suspens.
(j) Pendant ce temps.
(k) Ceux qui vénèrent les reliques, à propos desquelles il y a discussion.

deux corps d'un homme. Les fidèles (a) laisseront reposer le corps, où qu'il soit, sans s'en soucier. De saint Honorat (1), son corps est en Arles, et aussi bien à l'île de Lérins, près Antibes. Saint Gilles (2) a l'un de ses corps à Toulouse, et l'autre à une ville de Languedoc, laquelle porte son nom. Saint Guillaume (3) est en une abbaye de Languedoc, nommée Saint-Guilhem-le-Désert, et en une ville d'Aussoy (b), nommée Ecrichen, avec la tête à part, combien qu'il ait une autre tête au faubourg de Duren, en Juliers, en l'abbaye des Guillermites. Que dirai-je de saint Saphorin ou Symphorien (4), lequel est en tant de lieux, en corps et en os? Pareillement, de saint Loup (5), qui est à Auxerre, à Senes, à Lyon, et faisait-on accroire qu'il était à Genève. Autant de saint Ferréol, qui est tout entier à Uzès, en Languedoc, et à Brioude, en Auvergne. Au moins qu'ils (c) fissent quelques bonnes transactions (d) ensemble, pour ne point tant découvrir leurs mensonges, comme ont fait les chanoines de Trèves avec ceux de Liège, touchant la tête de saint Lambert ; car ils ont composé (e) à quelque somme d'argent,

----

(a) Les calvinistes, ceux qui ont la foi.
(b) D'Alsace.
(c) Ils auraient dû, au moins, s'entendre.
(d) Accords.
(e) Ils ont conclu un accord, moyennant une somme d'argent.

pour (ª) l'intérêt des offrandes, de ne la montrer publiquement, de peur qu'on ne s'étonnât de l'avoir en deux villes tant voisines. Mais c'est ce que j'ai dit du commencement : ils n'ont point pensé (ᵇ) d'avoir jamais un contrôleur (ᶜ) qui osât ouvrir la bouche pour remontrer (ᵈ) leur impudence.

On me pourrait demander comment ces bâtisseurs (ᵉ) de reliques, vu qu'ils ont ainsi amassé sans propos (ᶠ) tout ce qu'il leur venait en la tête, et en soufflant ont forgé tout ce qu'il leur plaisait, ont laissé derrière (ᵍ) les choses notables (ʰ) du Vieil Testament ? A cela, je ne saurais que répondre, sinon qu'ils les ont méprisées, pource qu'ils n'espéraient point d'en avoir grand profit, combien qu' (ⁱ)ils ne les ont du tout oubliées. Car, à Rome, ils se disent (ʲ) avoir des os d'Abraham, d'Isaac et de Jacob (1), à Sainte-Marie *supra Minervam*. A Saint-Jean de Latran, ils se vantent d'avoir l'arche d'alliance,

---

(ª) Dans l'intérêt.
(ᵇ) Ils n'ont piont envisagé le cas.
(ᶜ) Quelqu'un qui contrôlerait leurs dires.
(ᵈ) Démontrer.
(ᵉ) Expression péjorative, comme forgeurs.
(ᶠ) Sans réflexion.
(ᵍ) Oublié.
(ʰ) Dignes de remarque.
(ⁱ) Quoique.
(ʲ) Ils disent qu'ils possèdent.

avec la verge d'Aaron, et néanmoins cette verge est aussi bien à la Sainte-Chapelle de Paris, et ceux de Saint-Salvador, en Espagne, en ont quelque pièce (ᵃ). Outre cela, ceux de Bordeaux maintiennent que la verge de saint Martial, qui se montre là-bas en l'église de Saint-Séverin, est celle même d'Aaron. Il semble avis qu'ils aient voulu faire un miracle nouveau, à l'envie (ᵇ) de Dieu, car comme (ᶜ) cette verge fut convertie en serpent par la vertu (ᵈ) d'icelui, aussi maintenant ils l'ont convertie en trois verges. Il peut bien être (ᵉ) qu'ils ont beaucoup d'autres manicles (ᶠ) de l'Ancien Testament, mais il suffit d'en avoir touché ce mot-là, pour montrer qu'ils se sont portés (ᵍ) aussi loyalement en cet endroit (ʰ) qu'en tout le reste.

Je prie maintenant les lecteurs d'avoir souvenance de ce que j'ai dit du commencement, c'est que je n'ai pas eu des commissaires (ⁱ) pour visiter les sacristies de tous les pays, dont j'ai

----

(ᵃ) Morceau.
(ᵇ) Par jalousie contre Dieu.
(ᶜ) De même que.
(ᵈ) Force, du latin *virtus*.
(ᵉ) Il est possible.
(ᶠ) Objets.
(ᵍ) Comportés.
(ʰ) A ce sujet.
(ⁱ) D'envoyés, commis ou préposés à cette tâche.

fait mention (a) ci-dessus (1). Pourtant, il ne faut point prendre ce que j'ai dit des reliques comme un registre ou inventaire entier de ce qui s'en pourrait trouver. Je n'ai nommé d'Allemagne que environ demi-douzaine de villes ; je n'en ai nommé d'Espagne que trois, que je sache (b) ; d'Italie, environ une quinzaine ; de France, trente à quarante, et de celles-là encore n'ai-je pas tout ce qui en est (c). Que chacun donc fasse conjecture en soi-même quel tripotage (d) ce serait, si on mettait par ordre (e) la multitude des reliques, qui sont par toute la chrétienté. Je dis seulement des pays qui nous sont connus et que nous hantons (f) ; car le principal est de noter que toutes les reliques que l'on montre de Jésus-Christ par-deçà (g) et des prophètes, on les trouvera aussi bien (h) en Grèce et Asie, et aux autres régions où il y a des églises chrétiennes. Or, je demande maintenant, quand les chrétiens de l'Église orientale disent que tout ce que nous en pensons avoir est par-devers eux (i), quelle réso-

---

(a) Par conséquent.
(b) Du moins, à ma connaissance.
(c) Tout ce qui existe en fait de villes.
(d) Expression à dessein triviale.
(e) En ordre.
(f) Que nous fréquentons.
(g) Chez nous.
(h) Encore.
(i) Chez eux.

lution (a) pourra-t-on prendre là-dessus ? Si on leur contredit (b), alléguant qu'un tel (c) corps de saint fut apporté par des marchands ; l'autre, par des moines ; [que] une partie de la couronne d'épines fut envoyée à un roi de France par l'empereur de Constantinople ; l'autre, conquise par guerre, et ainsi de chaque pièce, ils hocheront la tête en se moquant. Comment videra-t-on ces querelles ? car, en cause douteuse (d), il faudra juger par conjectures. Or, en ce faisant, ils gagneront toujours, car ce qu'ils ont à dire de leur côté (e) est plus vraisemblable que tout ce qu'on pourra prétendre du côté de pardeçà (f). C'est un point fâcheux à démêler (g) pour ceux qui voudront défendre les reliques.

Pour faire fin (h), je prie et exhorte, au nom de Dieu, tous lecteurs de vouloir entendre (i) à la vérité, pendant qu'elle leur est tant ouvertement montrée (j), et connaître que cela s'est fait par une singulière providence de Dieu, que ceux

(a) Quelle conclusion.
(b) Si on leur oppose un démenti.
(c) Que tel corps.
(d) Quand il y a sujet à discussion.
(e) En leur faveur.
(f) Chez nous.
(g) A éclaircir.
(h) Pour finir.
(i) Se rendre.
(j) Démontrée.

qui ont voulu ainsi séduire (ᵃ) le pauvre monde, ont été aveuglés qu'ils n'ont point pensé à couvrir (ᵇ) autrement leurs mensonges ; mais, comme Madianites, ayant (ᶜ) les yeux crevés, se sont dressés les uns contre les autres, comme nous voyons qu'ils se font eux-mêmes la guerre et se démentent (ᵈ) mutuellement. Quiconque ne se voudra point endurcir pour répugner (ᵉ) à toute raison à son escient, encore qu'il ne soit pas pleinement instruit que c'est une idolâtrie exécrable d'adorer relique aucune (ᶠ), quelle qu'elle soit, vraie ou fausse ; néanmoins, voyant la fausseté (ʰ) tant évidente, n'aura jamais le courage (ᵍ) d'en baiser une seule, et, quelque dévotion qu'il y (ⁱ) ait eue auparavant, il en sera entièrement dégoûté.

Le principal (ʲ) serait bien, comme j'ai du commencement dit, d'abolir entre nous chrétiens cette superstition païenne (¹) de cano-

---

(ᵃ) Tromper.
(ᵇ) Dissimuler.
(ᶜ) Quand ils avaient les yeux crevés.
(ᵈ) Se contredisent.
(ᵉ) Résister, de parti-pris, à toute évidence.
(ᶠ) Une.
(ᵍ) Le mensonge.
(ʰ) Le mot est pris au sens péjoratif, le triste courage.
(ⁱ) Y = à ces dévotions.
(ʲ) L'important.

niser (a) les reliques, tant de Jésus-Christ que
de ses saints, pour en faire des idoles. Cette façon
de faire est une pollution (b) et ordure qu'on ne
devrait nullement tolérer en l'Église. Nous avons
déjà remontré, par raisons et témoignages de
l'Écriture, qu'ainsi est (c). Si quelqu'un n'est
content (d) de cela, qu'il regarde l'usage des
Pères anciens, afin de se conformer à leurs
exemples. Il y a eu beaucoup de saints patriarches,
beaucoup de prophètes, de saints rois et autres
fidèles en l'Ancien Testament. Dieu avait ordonné
plus de cérémonies de ce temps-là que nous n'en
devons avoir. Même (e) la sépulture se devait
faire en plus grand appareil (f) que maintenant,
pour représenter par figures (g) la résurrection
glorieuse, d'autant qu'elle n'était pas si clairement révélée de parole, comme (h) nous l'avons.
Lisons-nous qu'on ait tiré lors les saints de leurs
sépulcres, pour en faire des poupées (i) ? Abraham, père de tous les fidèles, a-t-il jamais été

(a) De présenter, comme appartenant à un saint canonisé, c'est-à-dire authentiquement reconnu.
(b) Souillure.
(c) Qu'il en est ainsi.
(d) Ne se contente pas.
(e) Bien plus.
(f) Apparat, solennité.
(g) Pour figurer, ou préfigurer.
(h) Ainsi que nous la possédons.
(i) Expression à dessein triviale.

élevé (a) ? Sara, aussi princesse en l'Église de
Dieu, a-t-elle été retirée de sa fosse ? Ne les
a-t-on pas laissés, avec tous les autres saints,
à (b) repos ? Qui plus est, le corps de Moïse
n'a-t-il pas été caché par le vouloir (c) de Dieu,
sans que jamais on l'ait pu trouver ? Le diable
n'en (d) a-t-il pas débattu (e) contre les anges,
comme dit saint Jude ? Pourquoi est-ce que notre
Seigneur l'a ôté de la vue des hommes, et que
le diable le y a voulu remettre ? C'est, comme
chacun confesse (f), que Dieu a voulu ôter à son
peuple d'Israël occasion d'idolâtrie. Le diable,
au contraire, l'a voulu établir (g). « Mais le peuple
d'Israël, dira quelqu'un, était enclin à superstition. » — « Je demande que c'est (h) de nous ?
N'y a-t-il pas, sans comparaison, plus de perver-
sité entre (i) les chrétiens en cet endroit qu'il n'y
eût jamais entre les juifs ? Avisons (j) ce qui a
été fait en l'Église ancienne : il est vrai que les
fidèles ont toujours mis peine (k) de retirer le

(a) Mis sur des autels.
(b) En repos.
(c) Par la volonté.
(d) En = à ce sujet.
(e) Discuté.
(f) L'avoue.
(g) Maintenir dans l'idolâtrie.
(h) Ce qu'il en est de nous.
(i) Parmi.
(j) Considérons.
(k) Se sont toujours employés à...

corps des martyrs, afin qu'ils ne fussent pas
mangés des bêtes et des oiseaux, et les ont ense-
velis honnêtement (ᵃ), comme nous lisons et de
saint Jean-Baptiste et de saint Étienne. Mais
c'était en la fin (ᵇ) de les mettre en terre, pour les
laisser là jusques au jour de la résurrection, et
non pas les colloquer (ᶜ) en vue des hommes,
pour s'agenouiller devant. Jamais cette malheureuse pompe (ᵈ) de les canoniser n'a été intro-
duire en l'Église, jusques à ce que tout a été
perverti et comme profané, partie (ᵉ) par la bêtise
des prélats et pasteurs, partie par leur avarice (ᶠ),
partie qu'ils ne pouvaient résister à la coutume,
depuis qu'elle était reçue ; et aussi que le peuple
cherchait d'être (ᵍ) abusé, s'adonnant plutôt à
folies puériles qu'à la vraie adoration de Dieu.
Pourtant (ʰ), ce qui a été mal commencé, et mis
sus (ⁱ) contre toute raison, devrait être totalement abattu, qui (ʲ) voudrait droitement (ᵏ) cor-

(ᵃ) Honorablement.
(ᵇ) Dans le but de.
(ᶜ) Placer.
(ᵈ) Solennité, faste.
(ᵉ) En partie.
(ᶠ) Cupidité, au sens latin du mot *avaritia*.
(ᵍ) Ne demandait qu'à être trompé.
(ʰ) Par conséquent.
(ⁱ) Pratiqué.
(ʲ) Par [celui] qui.
(ᵏ) Sans détour, sans faux-fuyant.

riger l'abus. Mais si on ne peut venir, du premier coup, à cette intelligence, pour le moins (a) que de l'un (b) on vienne à l'autre (c), et qu'on ouvre les yeux pour discerner quelles sont les reliques qu'on présente. Or, cela n'est pas difficile à voir à quiconque y voudra entendre (d), car, entre tant de mensonges si patents (e), comme (f) je les ai produits (g), où est-ce qu'on choisira une vraie relique, de laquelle on se puisse tenir certain ? Davantage, ce n'est rien de ce que j'en ai touché, au prix (h) de ce qui en reste. Même, cependant qu'on imprimait ce livret, on m'a averti d'un troisième prépuce de notre Seigneur, qui se montre à Hildesheim, dont je n'avais fait nulle mention. Il y en a une infinité de semblables (i). Finalement, la visitation (j) découvrirait encore cent fois plus que tout ce qui s'en peut dire. Ainsi (k) que chacun à son endroit (l) s'avise de ne se laisser à son escient traîner comme une

------

(a) Du moins.
(b) De l'idolâtrie.
(c) Le culte vrai, selon l'esprit.
(d) Se rendre docile à la vérité.
(e) Évidents.
(f) Aussi évidents que ceux.
(g) Mis en avant, exposé.
(h) En comparaison de.
(i) Pareils.
(j) L'enquête sur place des reliques.
(k) En conséquence.
(l) En ce qui le concerne.

bête, pour errer à travers champs, sans qu'il
puisse apercevoir ni voie ni sentier pour avoir
quelque sûre adresse. Il me souvient de ce que
j'ai vu faire aux marmousets de notre paroisse,
étant petit enfant (1). Quand la fête de saint
Étienne venait, on parait aussi bien de chapeaux
et affiquets (a) les images des tyrans qui le lapi-
daient (car ainsi les appelle-t-on en commun
langage), comme (b) la sienne. Les pauvres (c)
femmes, voyant les tyrans ainsi en ordre (d), les
prenaient pour compagnons du saint, et chacun
avait sa chandelle (e). Qui plus est, cela se faisait
bien au diable [de] saint Michel. Ainsi en est-il
des reliques : tout y est si brouillé et confus,
qu'on ne saurait adorer les os d'un martyr,
que (f) on ne soit en danger d'adorer les os de
quelque brigand ou larron, ou bien d'un âne,
ou d'un chien, ou d'un cheval. On ne saurait
adorer un anneau de Notre-Dame, ou un sien (g)
peigne, qu'on ne soit en danger d'adorer les
bagues de quelque paillarde (h). Pourtant (i) se

(a) Rubans.
(b) Comme [ils paraient] la sienne, la statue de St Étienne.
(c) Simples d'esprit, naïves.
(d) Décorés.
(e) Une chandelle en son honneur.
(f) Sans qu'on ne soit en danger.
(g) Un peigne qui lui a appartenu.
(h) Prostituée.
(i) Par conséquent.

garde du danger qui voudra, car nul dorénavant
ne pourra prétendre (ᵃ) excuse d'ignorance.

Saint Paul au troisième chapitre de la seconde
aux Thessaloniciens.

Celui qui ne veut point honorer le créateur
qui est béni éternellement, c'est une juste vengeance de Dieu qu'il serve aux Créatures. Et
celui qui ne veut obéir à la vérité, c'est raison
qu'il soit sujet au mensonge.   (1)

(a) Invoquer.

EXCUSE DE IEHAN CALVIN

A MESSIEURS LES NICODÉMITES

SUR LA

complaincte qu'ilz font de sa trop grand' rigueur

Amos V

Odio habuerunt corripientem in porta et loquentem
recta abominati sunt (¹).

1544

Esa. 30 (¹)

Ce peuple est un peuple rebelle, et ce sont hypocrites : gens qui refusent de ouïr la Loi du Seigneur. Qui disent à ceux qui voient : Ne voyez point, et à ceux qui considèrent : Ne considérez pas les choses droites, mais parlez des choses qui nous plaisent, et voyez des déceptions.

EXCUSE (ᵃ) DE JEHAN CALVIN

à Messieurs les Nicodémites, sur la complaincte (ᵇ)
qu'ils font de sa trop grande rigueur.

QUAND on allègue (ᶜ) ces proverbes de Salomon (¹), que la correction ouverte (ᵈ) est meilleure que l'amour cachée (ᵉ), et que le châtiment d'un ami est bon et fidèle (ᶠ) : il n'y a nul qui ne s'y accorde. Mais quand ce vient à les (ᵍ) pratiquer, il n'y a nul qui y veuille mordre. Je dis ceci pour ce que (ʰ) j'ai écrit un traité, où je remontre, qu'un homme fidèle (ⁱ) conversant (ʲ) entre les papistes, ne peut communiquer (ᵏ) à

(a) Explication : Calvin emploie ironiquement le terme.

(b) Protestation générale (le *cum* latin en composition traduit l'idée de multiplicité).

(c) Cite.

(d) Franche, sans arrière-pensée.

(e) Qui ne donne pas de preuves, qui est inactif.

(f) Mérite la confiance.

(g) Les mettre en pratique (il s'agit ici des proverbes cités).

(h) Pour ce que = parce que.

(i) Fidèle signifie, appliqué à une personne, qui possède la foi, au sens calviniste ; qui se sait justifié.

(j) Vivant parmi les papistes, les catholiques.

(k) Participer.

leurs superstitions, sans offenser Dieu. Cette doctrine est claire. Je l'ai prouvée par témoignages de l'Écriture (¹) et raisons si certaines, qu'il n'est pas possible d'y contredire. Qui plus est, il y a une raison péremptoire, laquelle conclut en un mot. Car puisque Dieu a créé nos corps comme nos âmes, et qu'il les nourrit et entretient, c'est bien raison (ᵃ), qu'il en soit servi et honoré. D'autre part nous savons que le Seigneur nous a fait cet honneur, d'appeler non seulement nos âmes, ses temples, mais aussi nos corps. Or, je demande s'il est licite de profaner le temple de Dieu ? et s'il ne faut pas qu'il soit dédié (ᵇ) à son honneur du tout (ᶜ), et par conséquent entretenu en pureté entière, sans aucune pollution (ᵈ) ?

Davantage, puisque le corps d'un homme fidèle est destiné à la gloire de Dieu, et doit être participant une fois (ᵉ) de l'immortalité de son royaume, et être fait conforme à celui de notre Seigneur Jésus : c'est une chose trop absurde (ᶠ),

---

(ᵃ) C'est bien justice que...

(ᵇ) Dédier se dit proprement des édifices religieux, que l'on place sous la protection d'un bienheureux ; d'où la fête de la dédicace des Églises, dans la liturgie catholique.

(ᶜ) Absolument, complètement.

(ᵈ) Polluer, souiller ; se polluer, se souiller par un contact avec un objet défendu, ou par le commerce avec une personne en état de péché.

(ᵉ) Un jour.

(ᶠ) Qui ne s'entend pas, qui ne se comprend pas, d'où le sens courant du mot absurdités.

qu'il soit abandonné à aucune pollution, comme de le prostituer (a) devant une idole. Bref, ou nous sommes (b) du tout à Dieu, ou seulement en partie. Si nous sommes siens du tout, glorifions-le tant (c) de corps que d'esprit. Quand donc je requiers qu'un homme fidèle se garde (d) soigneusement d'idolâtrer (e), pour complaire aux hommes : et de faire semblant par dehors de consentir à ce qu'il connaît en sa conscience être mauvais et contre Dieu ; il appert (f) évidemment que cela (g) est plus que raisonnable.

Toutefois il y en a d'aucuns (h) qui me trouvent trop rigoureux, et qui plus est, se plaignent de moi, à cause que je les traite trop inhumainement (i). Si on demande la cause de leur mécon-

---

(a) Prostituer au sens étymologique signifie placer devant ; il comporte, chez Calvin, une nuance particulière : placer devant une idole *au lieu* de placer devant Dieu.

(b) Nous appartenons.

(c) Tant... que = aussi bien... que, non seulement... mais encore.

(d) Évite.

(e) Idolâtrer, faire acte d'idolâtrie ; dans la langue des Réformés, transporter à une créature le culte qui n'est dû qu'à Dieu.

(f) Il est démontré.

(g) Cela, cette prétention émise par Calvin.

(h) Certains.

(i) Trop durement, d'une manière trop peu conforme à l'humanité.

tentement : c'est d'autant (ª) qu'ils ne peuvent souffrir qu'on leur gratte leur rongne (ᵇ). Car quelle apparence ont-ils pour s'excuser, comme si je les condamnais à tort ? Ils n'ont pour tout potage que ce misérable subterfuge, que l'affection intérieure (ᶜ) est à Dieu, quelque semblant (ᵈ) qu'ils fassent devant les hommes. Mais qu'est-ce que cela veut dire sinon qu'ils font un partage entre Dieu et le Diable, pour réserver l'âme à l'un, en donnant le corps à l'autre ? Ils retiennent bien le cœur à Dieu, pour le moins comme ils disent : mais ils ne font point difficulté d'abandonner leurs corps à choses profanes et méchantes. Je vous prie, Dieu se peut-il contenter d'un tel mélange ? Celui qui a dit que tout genou se ploira devant lui, et que toute langue confessera son nom (1), souffrira-t-il qu'on s'agenouille devant les idoles (ᵉ) ? Ainsi comme j'ai dit du (ᶠ) commencement touchant la doctrine, elle est claire et facile à décider, si on veut acquiescer

---

(ª) D'autant que = dans la mesure où.

(ᵇ) Expression populaire, triviale même, comme on en rencontrera plusieurs dans l'*Excuse...*, gratter la peau à l'endroit malade...

(ᶜ) Affection désigne ici, disposition intérieure, du latin *affectus*, par opposition à l'attitude extérieure.

(ᵈ) Semblant, attitude, par opposition à l'affection.

(ᵉ) Le traducteur, dans la version latine de 1549, ajoute l'adverbe *impune*, impunément.

(ᶠ) Dès le commencement, *ab initio*.

à la vérité. Et les probations (a) sont tant liquides (b) que c'est impudence de tergiverser (c) au contraire.

Néanmoins il (d) se fait. Et ceux qui le font donneraient volontiers à entendre que ce n'est pas sans beaucoup de bonnes raisons : combien que (e), tout bien compté, la principale est qu'il leur semble avis (f) qu'il n'y a point tant de mal que j'ai crié. Voire (g) mais qu'est-ce qui leur fait sembler (h) ? Pour ce qu'ils ont certaines couvertures (i), pour s'excuser ou amoindrir leur faute. Mais je voudrais bien savoir quelles excuses ils peuvent amener (j), outre celles que j'ai déjà montrées, si pleinement que rien plus (k), être du tout frivoles et de nulle valeur. Ainsi

---

(a) Preuves ; un exemple, entre beaucoup d'autres de ce qu'on appelle un doublet ; probation a été calqué sur le mot latin, sans souci de la forme qui en était sortie spontanément.

(b) Liquides, transparentes comme l'eau, donc claires.

(c) Tourner le dos, se dérober à l'argumentation.

(d) Il, pronom neutre, cela.

(e) Quoique.

(f) Il leur semble que, ils sont d'avis que, expression pléonastique où se fondent deux tours différents.

(g) Tour familier, correspondant à notre : *Eh ! bien.*

(h) Le traducteur rend cette expression par : *cur ita opinantur ?*

(i) Motifs dont ils se couvrent, prétextes.

(j) Présenter.

(k) D'une façon si pleine qu'on ne peut le faire davantage.

pour bien exprimer quels ils sont, je ne saurais
user de comparaison plus propre qu'en les accou-
plant (ᵃ) avec les cureurs de retretz (ᵇ). Car
comme un maître Fifi, après avoir longtemps
exercé le métier de remuer l'ordure, ne sent plus
la mauvaise odeur, pour ce qu'il est devenu tout
punet (ᶜ) et se moque de ceux qui bouchent leur
nez ; pareillement, ceux-ci, s'étant par accoutu-
mance endurcis à demeurer dans leur ordure,
pensent être entre des roses et se moquent de
ceux qui sont offensés par la puanteur, laquelle
ils ne sentent pas. Et afin de mener la comparaison tout outre (ᵈ), comme les maîtres Fifi avec
force (ᵉ) aulx et oignons s'arment de contre-
poison, afin de repousser (ᶠ) une puanteur par
l'autre : semblablement ceux-ci, afin de ne point
flairer (ᵍ) la mauvaise odeur de leur idolâtrie,
s'abreuvent de mauvaises excuses et perverses,
comme de viandes puantes et si fortes qu'elles
les empêchent de tout autre sentiment (ʰ). Mais

(a) Mettre sur le même rang que.
(b) *Qui cloacas repurgant*, les vidangeurs.
(c) Qui a perdu l'odorat.
(d) Jusqu'au bout, jusqu'à ses dernières limites.
(e) Quantité de...
(f) Afin de neutraliser une odeur désagréable par une autre aussi désagréable.
(g) Flairer, terme trivial qui rabaisse les Nicodémites au rang des chiens.
(h) Les empêchent de sentir toute autre odeur.

c'est une pauvre et malheureuse provision (a),
quand on se rend stupide, pour ne point sentir
son mal.

Je ne parle pas ici en général de tous ceux qui
sont encore détenus (b) par leur infirmité en
cette captivité de Babylone (1), où ils se polluent
en se mêlant aux superstitions des idolâtres.
Car il y en a plusieurs, qui connaissent en leurs
cœurs et confessent de bouche leur pauvreté (c),
et sont là à regret (d), gémissant continuellement
à Dieu, et lui requérant (e) merci. Mais je m'a-
dresse seulement à ceux qui pour se justifier
cherchent tous subterfuges (f) qu'il leur est possible : et se moquent des remontrances qu'on
leur fait, ou en sont marris et s'en dépitent (g)
jusque à blasphémer Dieu. Pour ce qu'ils em-
pruntent le nom de Nicodème (2), pour en faire
un bouclier, comme s'ils étaient ses imitateurs :
je les nommerai ainsi pour cette heure jusque

___

(a) Le traducteur emploie l'expression : *remedium*,
et précise ainsi le sens de provision, un peu plus fort que
précaution.

(b) La pauvreté de leur état.

(c) Retenus en cette captivité ; le terme détenu a
passé dans la langue.

(d) Malgré eux, de mauvais gré.

(e) Lui demandant grâce dans une attitude sup-
pliante.

(f) Tous *les* subterfuges, les ruses.

(g) En conçoivent du dépit au point de...

à tant que j'aie montré combien ils font tort à ce saint personnage, en le mettant de leur rang, et, qui plus est, se glorifiant (a) de son exemple. Mais devant (b) toutes choses je voudrais bien qu'ils ôtassent une fausse opinion qu'ils ont. C'est qu'il leur semble que je leur fais la guerre comme de propos délibéré, afin de leur insulter (c) ou pour trouver à mordre sur eux. Voilà pourquoi ils ne se veulent nullement laisser vaincre. En cela ils s'abusent doublement. Car je puis protester en vérité, devant Dieu et devant ses anges, que mon intention n'est pas autre (1), que de procurer (d), en tant qu'en moi est (e), que nous servions Dieu tous ensemble purement (f). Et ne suis pas tant inhumain que je ne sois plutôt ému (g), d'avoir compassion d'eux, quand je les vois en telle abîme, que de les piquer ou les mordre, ou bien les mépriser et mettre

---

(a) Tirer vanité de.

(b) Devant, mis pour avant. On trouvera, plus loin, devant que... pour avant que.

(c) Insulter, se précipiter sur, du latin *in salire*.

(d) Obtenir ce résultat.

(e) Dans la mesure de mes forces, ou de mon pouvoir.

(f) Cet adverbe a une importance capitale dans la terminologie calviniste : servir Dieu purement, c'est le servir hors de l'Église romaine et de ce qu'on appelle ses superstitions.

(g) Troublé au point d'avoir compassion.

bas, afin d'avoir d'autant plus beau lustre (a) de mon côté. Plût à Dieu que j'eusse plutôt occasion de les louer que de les accuser ! Car ce n'est pas une chose où je prenne plaisir. Secondement ils ne pensent point que ce n'est pas à moi qu'ils ont à faire : mais que Dieu est leur partie (b). Or, en répliquant (c) contre lui, il est certain qu'ils ne font que regimber contre l'éperon (d). Que gagnent-ils donc à murmurer que je leur suis trop rude ? Veulent-ils que je les bénisse, en ce que (e) Dieu les condamne ? Et quand je le ferai, de quoi leur servira mon absolution ? Car ce n'est pas à moi de vivifier (f) ce que notre Seigneur condamne à mort ; ni d'adoucir (g)sa sentence, comme pour corriger la rigueur d'icelle. Par quoi il me fait mal que ces pauvres gens s'acharnent tellement à moi, qu'il leur semble avis qu'il n'est question que de venir à bout d'un homme (h) : et cependant ils ne regardent point qu'ils s'aheurtent contre Dieu. Je les prie

---

(a) Afin d'avoir plus beau rôle.
(b) Terme juridique : Dieu est leur adversaire.
(c) Répliquer, tenir tête à Dieu.
(d) Expression populaire, comme nous en avons déjà rencontré.
(e) Dans une matière où Dieu les condamne.
(f) Déclarer vivant.
(g) Atténuer une sentence.
(h) Autre expression populaire, avoir raison de quelqu'un, triompher de lui.

donc et les admoneste, de ne plus se tromper, en me choisissant pour leur accusateur : mais plutôt que, connaissant que jamais ils n'auront bonne cause (ᵃ) contre Dieu, et même qu'en voulant plaider, ils ne feront que l'empirer (ᵇ) : ils délibèrent (ᶜ) de se humilier (ᵈ) devant leur juge, et laissant là toutes tergiversations, ils reconnaissent (ᵉ) paisiblement (ᶠ) leur faute. De ma part je ne puis pas dire que le blanc soit noir (ᵍ), pour les gratifier (ʰ).

Or, pour que ces Nicodémites ne sont pas tous d'une sorte, il sera bon que je touche (ⁱ) ici en passant les espèces principales que je connais. Les premiers sont ceux qui, pour entrer en crédit (ᵏ), font profession (ʲ) de prêcher l'Évangile : et en donnent quelque goût au peuple, .

(a) Avoir bonne cause, avoir raison.

(b) Aggraver leur cause.

(c) Qu'ils songent à.

(d) S'humilier, se mettre à son rang devant Dieu, c'est-à-dire à terre *(humi)*.

(e) Ils avouent.

(f) Sans difficulté, sans discussions qui troublent la paix.

(g) Encore une expression familière.

(h) Gratifier, sens particulier au xvɪᵉ siècle, être agréable.

(i) Que j'indique brièvement.

(j) Entrer dans la confiance d'autrui.

(k) Faire profession de prêcher l'Évangile, prêcher ouvertement l'Évangile.

pour l'amieller (a). Car voyant qu'une grande partie du monde est fâchée de l'ânerie des caffarts (b), et se moque de leur sotte façon d'enseigner : ils ne voient point de meilleur moyen d'acquérir bruit (c) et réputation, que d'user de cette amorce pour attirer les gens à eux. Mais cependant leur intention est d'abuser (d) de l'Évangile, et s'en servir à faire un maquerellage (e), pour leur gagner quelques bénéfices ou remplir leur bourse, comment que ce soit (f). Et pourtant (g) après avoir appâté (h) leurs auditeurs, en leur proposant du commencement quelques points de saine doctrine et pure (i), ils les entretiennent puis après en sorte que jamais [ils] ne les amènent à la connaissance de la droite vérité. Il est bien vrai que tous ne se

---

(a) Amieller, prendre les gens comme avec du miel.

(b) Ignorance des gens d'église.

(c) Bruit, dans le sens de renommée ; bruit et réputation, sorte d'hendiadys pour le bruit que fait une réputation.

(d) Se servir de l'Évangile, comme d'un moyen.

(e) Terme énergique dans sa crudité.

(f) De quelque façon que ce soit.

(g) Sens à noter de pourtant, au xvie siècle, par conséquent.

(h) Présenter l'Évangile comme un appât ; cette expression rentre dans le cadre de la métaphore inaugurée plus haut par l'expression « user de cette amorce ».

(i) La pure doctrine, c'est-à-dire dégagée des enseignements de Rome.

peuvent pas avancer (ª) également, d'autant
que (ᵇ) les uns marchent plus grands pas que les
autres. Mais celui qui ne peut attrapper une
crosse aspire à un prieuré ou une cure (¹). Il y
a aussi des moines, qui se contentent bien d'avoir
grasses (ᶜ) quêtes et bons repas, par faute de
mieux. Ayant ce but, ils n'ont garde de me condamner comme trop rigoureux, et se plaindre
de moi : vu que je leur arrache le pain des mains(ᵈ)
Même aucuns d'entre eux ne se contenteront
pas de cela : mais afin d'être mieux prisés (ᵉ),
font bien semblant de mépriser les livres de
ceux qui leur ont appris tout ce qu'ils savent
et sans la lecture desquels ils seraient plus muets
que poissons (ᶠ), s'ils ne voulaient se faire moquer
des auditeurs en cafardant (ᵍ). J'en pourrais
alléguer assez d'exemples. Mais ce que j'en
dis est pour les admonester et leur donner
occasion d'entrer en leurs consciences (ʰ),

(ª) Avancer, dans le sens, ici, de réussir.

(ᵇ) Attendu que, dans la mesure où, *in tantum quan-
tum...*

(ᶜ) Quêtes qui permettent de s'engraisser. L'expression
a subsisté dans la langue populaire : il n'y a pas gras,
pour, il n'y a pas beaucoup.

(ᵈ) Expression populaire.

(ᵉ) Priser, attacher du prix ; nous n'avons conservé
que mépriser.

(ᶠ) Encore une expression populaire.

(ᵍ) Faire le cafard, le dévôt.

(ʰ) Entrer en sa conscience, se replier sur soi-même.

plutôt que de les diffamer (a) envers les autres.

Ce sont ceux qui ont toujours le mot d'édification (b) en la bouche. Et se plaisent tellement en ce qu'ils font, qu'il leur semble proprement avis qu'il n'y ait qu'eux au monde qui sachent l'art d'édifier. Plût à Dieu qu'ils s'en acquittassent si bien qu'il n'y eût que redire (c). Je ne leur porterais point d'envie, quant à moi. Mais quoi ? qu'ils entrent en leurs consciences ; et puis qu'ils me sachent à dire (d) à quelle intention ils chantent messe, laquelle ils connaissent être un sacrifice abominable, et induisent les autres par leur exemple à idolâtrer. Qu'ils répondent à Dieu, et non pas à moi, s'ils ne regardent (e) pas à s'édifier (f) eux-mêmes, non pas selon l'âme, mais pour le bien du corps. Quelqu'un me demandera ici si j'ai quelque estime de tous les

---

(a) Diffamer, dire du mal de quelqu'un.

(b) Terme emprunté à la langue mystique, désigne l'influence heureuse de la vertu sur ceux qui en sont témoins. Calvin va jouer tout à l'heure sur le sens du mot et lui donner une signification dans l'ordre matériel.

(c) Il n'y eût rien à redire ; grammaticalement, il n'y eût rien qu'on pût redire.

(d) Expression embarrassée ; qu'ils s'efforcent de me dire. Le traducteur écrit : *bona fide respondeant*, qu'ils me répondent de bonne foi.

(e) Regarder à, s'employer à, viser à.

(f) S'édifier... pour le bien du corps, sens matériel, se bâtir une fortune, s'assurer un prieuré, etc.

prêcheurs, qui, étant en pays papistes (a), s'approchent le plus qu'ils peuvent de la pure doctrine, encore qu'il y ait beaucoup d'infirmité (b), et même qu'ils n'enseignent qu'à demi. A Dieu ne plaise ! Car au contraire je suis tout (c) persuadé qu'aucuns y vont de bon zèle, cherchant l'honneur de Dieu et le salut du peuple, non pas leur profit corporel (d). Mais il est certain que ceux qui se mettent ainsi en colère pour maintenir (e) leur idolâtrie et tâchent de la couvrir sous l'ombre (f) d'édifier, sont après pour faire leur cas (g), et, comme je l'ai dit, s'édifient (h) des maisons pour l'aisance et commodité de leurs corps, au lieu d'édifier l'Eglise de Dieu. Quant est de l'édification de leurs prochains, ils devraient noter ce que saint Paul montre, à savoir qu'on peut édifier tant en mal qu'en bien (i). Car en amusant le pauvre peuple, et l'entretenant (j) en idolâtrie, que font-ils autre

------

(a) Catholiques.
(b) Faiblesse physique ou morale, ici morale.
(c) Absolument.
(d) Avantages matériels.
(e) Maintenir, faire triompher.
(f) Le prétexte.
(g) Faire leur profit.
(h) Sens matériel du mot, *s'édifient des maisons*, opposé au sens spirituel *édifier l'Eglise de Dieu*.
(i) Nous disons édifier, en bien — malédifier, donner le mauvais exemple.
(j) Maintenir.

chose que de l'endurcir ? S'ils se glorifient en ce malheureux bâtiment (a), je leur quitte le lieu (b). Voilà donc la première espèce de ceux qui sont mécontents de moi, à savoir les prêcheurs qui, au lieu de s'exposer à la mort pour relever (c) le vrai service de Dieu, en abolissant toutes idolâtries, veulent faire Jésus-Christ leur cuisinier (d), pour leur bien apprêter à dîner. De ceux qui ont droite affection, encore que je les reprenne en ce qu'ils défaillent, je sais qu'ils confesseront plutôt la dette (e) que de contester (f) contre les remontrances qu'ils voient être de Dieu, en tant qu'elles sont prises (g) de sa simple (h) parole.

Il y a puis après une seconde secte (1). Ce sont les protonotaires (i) délicats qui sont bien contents d'avoir l'Évangile et d'en deviser (j) joyeu-

---

(a) Obscur : ce bâtiment désigne sans doute les maisons que construisent ces prédicateurs habiles.

(b) Le traducteur écrit : *hanc gloriam illis concedo*, je leur laisse cet avantage.

(c) Rétablir.

(d) Traduction triviale à dessein du rôle où est réduit Jésus-Christ ; il procure de bons repas à ceux qui le prêchent.

(e) Le traducteur écrit *culpam*, c'est-à-dire, faute.

(f) Protester.

(g) Empruntées, tirées.

(h) La simple parole, l'Évangile débarrassé des gloses et des commentaires.

(i) Dignitaires ecclésiastiques.

(j) Deviser, tenir conversation.

sement et par ébat (ᵃ) avec les Dames, moyennant
que cela ne les empêche point de vivre à leur
plaisir, Je mettrai en un même rang les mignons
de cour, et les dames qui n'ont jamais appris
que d'être mignardées (ᵇ) et pourtant (ᶜ) ne
savent que c'est (ᵈ) d'ouïr qu'on parle un peu
rudement à leur bonne grâce (ᵉ). Je ne m'ébahis
point si tous ceux-là font une bande contre moi,
et, comme s'ils avaient serment ensemble (ᶠ),
condamnent tous d'une bouche ma trop grande
sévérité. Et de fait, je m'y suis bien attendu
avant le coup. Et maintenant il m'est avis que
je les entends : « Qu'on ne nous parle plus de
Calvin : c'est un homme trop inhumain. Comment ? si nous voulions le croire, non seulement
il nous ferait bélitres (ᵍ), mais il nous mènerait
incontinent au feu (ʰ) Y a-t-il propos (ⁱ) de nous
presser (ʲ) en telle sorte ? S'il veut que chacun
lui ressemble et s'il est marri de nous voir plus

(ᵃ) Par manière de jeu.
(ᵇ) Traitées avec des manières raffinées.
(ᶜ) Par conséquent.
(ᵈ) Que c'est, = ce que c'est ; ce tour est une survivance de l'interrogation indirecte en latin : *quid sit.*
(ᵉ) La bonne grâce qu'elles affichent.
(ᶠ) Comme s'ils étaient conjurés.
(ᵍ) Le traducteur écrit : *ad mendicitatem redigeret.*
(ʰ) Sur-le-champ.
(ⁱ) Du bon sens ; est-il raisonnable ?
(ʲ) Inquiéter.

à notre aise qu'il n'est, que nous en chaut-il (a) ?
nous sommes bien ici ; qu'il se tienne là où il est,
et qu'il laisse chacun en repos. » La conclusion
est que je ne sais que c'est du monde (b). Quand
ils en ont bien conté pour se flatter l'un l'autre,
il leur semble qu'ils se sont bien vengés de moi.
Soit. Mais que feront-ils à Dieu, auquel je les
renvoie et lequel les ajourne (c) au son de la
trompette ? Un protonotaire se pourra bien
moquer du crucifix, aux dépens duquel il mène
joueuse vie, en banquets, en jeux, en danses et
en toute braveté (d). Car ce n'est qu'un mar-
mouset (e). Mais Dieu ne se laisse pas moquer
en cette façon. Un courtisan peut bien parler en
risée et moquerie de toutes les batelleries (f)
auxquelles le monde s'amuse pour servir Dieu (g).
Car puisque ce n'est que service d'idoles, de
toutes les superstitions qui ont été forgées à la
fantaisie (h) des hommes, il ne faut pas craindre
de s'en moquer. Mais quand on nous parle des

(a) Que nous importe-t-il ? Le verbe chaloir est tombé
en désuétude.

(b) Le traducteur écrit : *me non tenere mundi rationes*,
que je n'observe pas les règles du monde.

(c) Ajourner, renvoyer ; il y a ici une allusion au jugement dernier.

(d) Forfanterie.

(e) Petite statue.

(f) Tours de bateleurs.

(g) Avec l'idée qu'on sert Dieu.

(h) Au gré, selon le caprice.

saints commandements de Dieu, il n'est pas question de faire le niquet (a). Une dame peut bien faire la figue (b) à un messire Jean, qu'elle craignait auparavant comme foudre parce qu'il fallait, bon gré mal gré, pour le moins une fois l'an, venir à lui et lui révéler tous ses menus secrets. Car elle sait que Dieu ne l'astreint pas à cela. Mais cependant il faut venir à jube (c) devant Dieu. Cette confession intérieure de nos consciences ne s'abolit point par l'Évangile. Mais au lieu que nous faisions par ci-devant notre compte (d) avec un prêtre, il nous faut maintenant compter avec Dieu. Je voudrais bien pouvoir impétrer (e) d'eux aussi bien qu'au lieu de tenir bon contre moi, en se gaudissant (f) de mes remontrances, ils pensassent qu'il faut une fois comparaître devant Dieu, pour être jugés par (g) cette même parole que je leur propose maintenant. Quant à moi, je ne me suis point loué à eux pour leur complaire.

Il y a la troisième espèce (1) de ceux qui con-

(a) Remuer la tête.
(b) Expression familière, se moquer.
(c) Le traducteur écrit *ad calculum venire* ; l'édition de 1611 porte, venir à compte.
(d) Faire notre compte, expression familière qui a subsisté dans, rendre ses comptes.
(e) Obtenir.
(f) En se moquant.
(g) Par, en vertu de.

vertissent à demi la chrétienté en philosophic, ou pour le moins ne prennent pas les choses fort à cœur, mais attendent sans faire semblant de rien voir s'il se fera quelque bonne (a) réformation. De s'y employer, en tant qu'ils voient que c'est chose dangereuse, ils n'y ont point le cœur (b). Davantage, il y en a une autre partie d'eux qui imaginent des idées platoniques (c) en leurs têtes, touchant la façon de servir Dieu, et ainsi excusent la plupart des folles (d) superstitions qui sont en la Papauté, comme choses dont on ne se peut passer. Cette bande est quasi (e) toute de gens de lettres. Non pas que toutes gens de lettres en soient. Car j'aimerais mieux que toutes les sciences humaines fussent exterminées (f) de la terre que si elles étaient cause de refroidir (g) ainsi le zèle des chrétiens et les détourner de Dieu. Mais il se trouvera beaucoup de gens d'étude, qui s'endorment en cette spéculation (h) : que c'est bien assez qu'ils connaissent Dieu, et

(a) Sérieuse.
(b) Cœur, dans le sens de courage.
(c) Idées, dans le sens platonicien du mot, ou encore telles qu'on en trouve chez Platon.
(d) Vaines.
(e) Quasi, pour ainsi dire.
(f) Au sens propre, chasser hors des limites, *ex terminis*.
(g) Cause de refroidir, tour propre au grec et au latin.
(h) Façon de voir les choses.

entendent quel est le droit chemin du salut, et considèrent en leurs cabinets comment les choses doivent aller (a) ; au reste, qu'ils recommandent à Dieu en secret d'y mettre remède, sans s'entremêler ni empêcher, comme si cela n'était pas de leur office (b). Qui plus est, [ils] se moquent de ceux qui le font et les arguent (c) d'inconsidération. Or, quand je composai le livre dont il est question, il m'était aisé de prévoir qu'il ne serait pas le bienvenu envers (d) telle manière de gens. Par quoi il ne me doit sembler étrange s'il m'en est autant advenu comme j'en avais pensé. Toutefois je les prie, si ce sont avocats, qu'ils ne prennent point une cause aussi ruineuse (e) à défendre, de laquelle ils ne puissent avoir autre fois que d'en tomber en confusion. Si ce sont juges, qu'ils ne s'ingèrent (f) point de prononcer sentence sur la parole de Dieu, laquelle n'est point sujette à leur juridiction ; et même que, se défiant d'eux-mêmes et se tenant pour suspects en leur propre cause, ils se gardent d'en juger,

---

(a) Le traducteur a écrit *qualis debeat esse ecclesiæ status.*

(b) Fonction.

(c) Accusent.

(d) Auprès de.

(e) Cause ruineuse, qui perd son défenseur

(f) Se mêler de quelque chose, sans avoir le mandat nécessaire.

mais qu'avec crainte et révérence (a), ils s'en tiennent à l'arrêt que Dieu le souverain juge en aura donné. Si ce sont médecins, qu'ils n'appliquent point d'emplâtres superflus et de nul profit pour cacher le mal, qui ne se peut guérir qu'en le découvrant. Si ce sont philosophes ou dialecticiens, qu'ils ne convertissent (b) point à colorer (c) de mensonge les sciences que Dieu a révélées au monde afin de les faire servir comme aides et instruments de la vérité, et ne pensent point que la vérité de Dieu, que l'Écriture appelle invincible, soit si faible qu'ils la puissent à la fin opprimer par belles apparences de raisons ou subtilités de subterfuges. Si ce sont gens qui s'appliquent à lire les saintes lettres, qu'ils se gardent bien d'encourir à leur escient (d) cette si horrible malédiction, laquelle est dénoncée (e) à ous ceux qui diront le mal être bien (f).

Je mettrai en la quatrième espèce (1) les marchands et le commun peuple, lesquels, se trouvant bien en leur ménage (g), se fâchent qu'on les vienne inquiéter. Ainsi, parce qu'il leur semble

---

(a) Respect.
(b) Employer contre sa destination naturelle.
(c) Colorer, dissimuler sous des couleurs.
(d) Le sachant.
(e) Prononcée contre.
(f) Tour emprunté au latin : proposition dite infinitive, parce que le verbe se trouve à l'infinitif.
(g) Affaires, intérêts.

que je n'ai pas assez d'égard à leur commodité,
ils ne me veulent point avoir pour docteur. Et
[il] leur semble bien avis que, quand ils auront
rejeté mon conseil, ils en seront quittes devant
Dieu. Combien que de ceux-ci il y en a moins
que des autres, d'autant (a) qu'ils ont plus de
simplicité et de rondeur que ceux que j'ai réci-
tés (b) ci-dessus, et pourtant (c) n'ont point de
cavillation (d) pour résister à la vérité. Tant y a
néanmoins qu'il n'y a état dont il ne s'en trouve
quelques-uns qui, en contrefaisant les Nicodémites, sont mal contents de moi, comme si je
les pressais sans raison et outre mesure. Voilà
comme il faut qu'un serviteur de Dieu se prépare
à acquérir beaucoup de males grâces (e), quand il
voudra fidèlement remontrer (f) à chacun ses
vices. Et n'est pas sans cause qu'en un commun
proverbe on dit que c'est le loyer (g) de la vérité.
Quant à moi, il ne me fait mal, sinon d'autant
que je les vois tant adonnés (h) à eux-mêmes que,

(a) Attendu que.
(b) Cités, nommés.
(c) Ruses.
(d) Par conséquent.
(e) Male grâce, mauvaise reconnaissance, donc ressen-
timent.
(f) Faire connaître à chacun ses vices.
(g) Loyer, dans le sens de salaire, récompense.
(h) Occupés d'eux-mêmes.

si Dieu ne leur complaît (ᵃ) en tout et partout, ils se dépitent incontinent contre lui ; d'autre part, que je les vois si mal affectionnés (ᵇ) au saint Évangile, lequel ils font profession de suivre et tenir (ᶜ), que, quand il ne leur chante pas chanson plaisante (ᵈ), ils sont quasi prêts de tout renoncer incontinent. S'ils ne le font pas du premier coup, on vient facilement de l'un à l'autre. Car s'ils s'obstinent aujourd'hui en un point contre Dieu, pour ne point prêter l'oreille à ce qu'il dit, mais plutôt murmurer à l'encontre (ᵉ), ils feront bien demain le semblable (ᶠ) en un autre, jusqu'à ce qu'ils prennent toute la doctrine en haine ou en dédain, pour (ᵍ) n'en plus vouloir jamais ouïr parler. Mon office est de prendre peine et de désirer que la doctrine que j'annonce soit en salut (ʰ) à tous. Mais quand j'en ai fait mon devoir, s'il en advient autrement, je m'accorde (ⁱ) à la volonté de Dieu. Quant aux Lucia-

---

(a) Complaire, s'employer à plaire aux gens.

(b) Si mal affectionnés, si mal attachés de cœur.

(c) Suivre et tenir, expression pléonastique pour dire, pratiquer.

(d) Expression populaire.

(e) Dans le sens contraire.

(f) La même chose.

(g) Au point de ne plus vouloir.

(h) Soit en salut, serve au salut ; la préposition en, comme la latine *in* et l'accusatif, marque assez souvent le but.

(i) Je me soumets à.

niques (¹) ou Épicuriens, c'est-à-dire tous contempteurs (ª) de Dieu, qui font semblant d'adhérer à la parole et, dedans leurs cœurs, s'en moquent et ne l'estiment pas plus qu'une fable, je n'en ai pas voulu parler ici. Car ce serait bien temps perdu de les vouloir gagner par admonition (ᵇ). Seulement j'ai compris en ces quatre espèces, ci-dessus couchées (ᶜ), ceux qui ont quelque étincelle de crainte de Dieu et portent quelque révérence à sa parole, toutefois n'ont pas encore si bien profité à l'école de Jésus-Christ qu'ils sachent que c'est de renoncer à soi-même et oublier le monde et sa propre vie pour servir à l'honneur de Dieu (ᵈ).

Je demande donc à tous ceux qui sont tels, quelle raison ils ont de dire que je suis trop extrême (ᵉ), d'autant que (ᶠ) je ne leur permets de se contaminer en idolâtries manifestes et choses, desquelles leurs consciences propres leur rendent témoignage qu'elles sont méchantes et damnables. Il n'est pas ici question de leur opi-

---

(ª) Qui méprisent par principe.
(ᵇ) A l'aide de conseils, par la persuasion.
(ᶜ) Énumérées.
(ᵈ) L'honneur de Dieu revient souvent sous la plume de Calvin. Cette expression désigne le droit imprescriptible qu'a Dieu d'être servi selon la Bible.
(ᵉ) Excessif.
(ᶠ) Sous prétexte que.

nion ou de la mienne. Je montre ce que j'en (a) trouve en l'Écriture. Et ne me suis pas hâté d'en faire une résolution (b), sans y bien penser plus de trois fois. Qui plus est, ce que je dis étant notoire, que nul ne peut dire le contraire sans nier pleinement la parole de Dieu. Car je ne dis rien de moi (c), mais je parle comme par la bouche du maître, alléguant (d) témoignages exprès pour approuver (e) ma doctrine d'un bout jusqu'à l'autre. S'ils pensent qu'il leur soit licite (f) d'approuver ce que Dieu a condamné, en le fardant (g) de belles couleurs, ils s'abusent (h). Et s'ils le veulent faire approuver à Dieu, ils s'abusent doublement. L'un dira : « Pour avoir moyen d'édifier, je chante la messe, combien que je sache que c'est un sacrilège, auquel Jésus-Christ est grandement blasphémé. » Prenons le cas (i) que son intention soit droite : s'ensuit-il qu'il fasse bien ? Il est vrai que notre Seigneur fera bien quelquefois, par sa providence (j), que

(a) A ce sujet.
(b) Un écrit.
(c) De ma propre autorité.
(d) Invoquant.
(e) Prouver.
(f) Permis.
(g) En dissimulant, pour ainsi dire, sous les couleurs, comme on cache des rides sous le fard.
(h) Ils se trompent.
(i) Supposons.
(j) Prévoyance.

sa parole s'avance (a) par voies illicites. Comme (b) il est si bon ouvrier qu'il sait tourner le mal en bien. Mais s'ensuit-il pourtant, qu'il approuve que cela se fasse, ou qu'il l'excuse quand il (c) est fait, comme si ce n'était point péché ? De moi (d) ,je suis bien aise et remercie Dieu quand j'entends qu'il y a ouverture (e) quelque part à sa parole, et que quelque prêcheur a introduit aucunement (f) le peuple à un petit commencement de droite intelligence (g). Si j'entends que quelqu'un ait encore davantage annoncé la vérité et le règne de Christ, j'en ai double joie. Mais cependant, s'il y a de l'infirmité et imperfection, je ne laisse pas de la tenir (h) pour vicieuse. Or, je leur demande en conscience si c'est un vice léger ou à dissimuler, qu'un homme qui monte en chaire pour représenter la personne de Jésus-Christ et parler en son nom et en son autorité, comme ambassadeur envoyé de par lui, fasse

---

(a) S'avance, c'est-à-dire profite, s'impose à l'attention des fidèles.

(b) Car.

(c) Il, cela.

(d) Pour ma part.

(e) Facilité.

(f) En une certaine mesure.

(g) Il s'agit ici de ce que Calvin appelle ailleurs l'intelligence de la simple parole, de la vraie parole. Plus d'intermédiaires entre le Livre et le Fidèle. Celui-ci perçoit directement le sens de l'Écriture.

(h) Tenir pour, estimer.

semblant de consentir à une abomination, laquelle contrevient plus que directement à la principale doctrine de l'Évangile. Ainsi toutes fois et quantes (a) qu'ils n'allégueront l'intention qui les mène, je leur répondrai promptement qu'il n'est pas loisible de faire mal, afin que bien en advienne (b).

Tant moins (c) est digne d'être entendue la complainte qu'ils font tous, tant petits que grands, tant laïques que gens d'église. « Comment ? Quitterons-nous tout, pour nous enfuir ne sachant où ? Ou bien nous exposerons-nous à la mort ? » Qu'on réduise (c) en un sommaire tout ce qui se peut dire de cet argument et tout ce que de fait ils ont accoutumé d'amener (d) et recueillir. C'est autant comme s'ils disaient : « Comment ? nous ne pouvons servir Dieu et suivre (e) sa parole, sans souffrir persécution ? » S'ils veulent être bons chrétiens à cette condition-là, il faut qu'ils peignent (f) un Jésus-Christ tout nouveau. Quelqu'un d'entre eux me répliquera que, si le Seigneur envoie les persécutions, il les faut bien

---

(a) Toutes les fois que...
(b) En résulte.
(c) Qu'on résume.
(d) Produire.
(e) Obéir à sa parole.
(f) Qu'ils nous montrent, après l'avoir imaginé.

porter (a) en patience ; mais qu'il est bon de les
éviter tant qu'on peut, et surtout se donner
garde (b) de ne les susciter (c) par notre inconsidération (d). Je confesse bien tout cela. Mais
quand nous cherchons à avoir cette paction (e)
avec Dieu, de ne rien endurer pour sa parole,
n'est-ce pas vouloir transfigurer (f) Jésus-Christ,
pour l'avoir tel que notre chair l'appete (g) ?
Et que font autre chose ceux qui amènent (h)
cela pour un grand inconvénient, qu'ils ne peuvent faire ce que je requiers sans danger de mort
ou sans tout abandonner ? Si je dis rien de ma
tête (i), qu'il soit tenu pour frivole, sans alléguer
d'autre raison. Mais si Dieu nous appelle à susciter la rage des infidèles contre nous, pour glorifier son nom, ou à nous retirer (j) en lieu auquel
nous le puissions adorer purement (1), quel
honneur lui faisons-nous d'user de telles répliques (k) ? Et quelle folie est-ce à nous de

(a) Supporter.
(b) Prendre garde, éviter.
(c) Provoquer.
(d) Manque de réflexion.
(e) Cette convention, ce pacte.
(f) Nous dirions aujourd'hui, défigurer.
(g) Le désire, du verbe latin *appetere*.
(h) Présentent.
(i) De ma propre autorité.
(j) Il y a ici une allusion à l'exil que nombre de croyants
s'imposaient, à Genève par exemple.
 k) Réponses.

penser le contenter de telle monnaie (a) ? Jésus-Christ a prononcé une fois que quiconque tiendra son âme précieuse (b) en ce monde, il la perdra. Quand donc ceux-ci mettent en avant pour excuse, qu'il se faudrait hasarder (c) à la mort, s'ils faisaient ce que je leur montre par l'Écriture, ne veulent-ils pas contraindre Jésus-Christ à rétracter sa sentence ? « Mais notre nature ne porte (d) pas cela » disent-ils. Qui est-ce qui l'ignore ? mais où est la vertu (e) de l'esprit de Dieu, laquelle doit apparaître en nous ? Si les fidèles de l'Église primitive en eussent autant dit, que serait devenue la chrétienté ? Ne fût-elle pas périe et abolie, devant que (f) jamais devenir en être (g) ? Que je crains bien que la connaissance que Dieu nous a donnée aujourd'hui si ample de sa vérité ne nous vienne en tant (h) plus grieve condamnation ! Toute la théologie des martyrs anciens était de savoir qu'il n'y a qu'un seul Dieu qu'on dût adorer ; qu'en lui seul on devait mettre sa fiance (i) entiè-

------

(a) Nous disons encore, payer de cette monnaie.
(b) Attachera du prix à son âme.
(c) Risquer la mort.
(d) Comporte.
(e) Vertu tient ici du latin son sens de force.
(f) Avant que.
(g) Avant que de devenir une réalité.
(h) D'autant plus lourde.
(i) Confiance.

rement ; que le vrai service qu'il requiert (a) était de l'adorer et invoquer, et, en reconnaissant avec louanges et actions de grâces que tous biens viennent de lui, le servir selon sa parole, vivant en bonne (b) conscience. *Item* qu'il n'y avait salut et vie ailleurs qu'en Jésus-Christ. Et n'avaient pas une connaissance tant haute de ces choses qu'ils les pussent déduire (c) subtilement, ni par le menu (d), mais seulement les tenaient (e) en simplicité. Néanmoins avec cela ils s'en (f) couraient d'un cœur allègre au feu ou autre supplice de mort ; voire même (g) les femmes y portaient leurs enfants. Nous qui sommes grands docteurs au prix (h), et savons tant bien deviser (i) de toutes matières, ne savons que c'est de rendre témoignage à la vérité de Dieu au besoin (j) et d'approuver (k) notre chrétienté (l).

Mais encore le pis est qu'il ne suffit point à

(a) Il exige.
(b) Bonne conscience, conscience soucieuse du bien, pure.
(c) Expliquer.
(d) Par le détail.
(e) Ils les acceptaient.
(f) D'où ils étaient. Cf. ils s'en allaient ; ils s'en fuyaient qu'on a écrit plus tard en un seul mot, s'enfuyaient.
(g) Bien plus.
(h) En comparaison d'eux.
(i) Discuter.
(j) S'il le faut.
(k) De prouver.
(l) Notre christianisme.

d'aucuns de faire telles complaintes pour s'exempter de la loi commune, que notre Seigneur impose à tous les chrétiens ; mais [ils] s'arment de ces paroles, comme de blasphèmes, pour se rebéquer (a) contre Dieu. J'appelle blasphèmes, quand, suivant la prudence humaine, ils se persuadent que c'est le moyen de bien avancer (b) l'Évangile, de participer à l'idolâtrie des papistes et ne se point mettre en danger pour cela. Si les Apôtres eussent eu cette fantaisie (c), je vous prie, où en fussions-nous ? Ils allèguent qu'il est expédient d'y procéder (d) petit à petit. Je leur confesse. Et [je] leur accorde qu'il faut commencer par quelque bout et faire le fondement (e) devant que venir au sommet ; semblablement que tout ne se peut faire ensemble, et pourtant qu'il convient y aller par ordre (f). Mais quel fondement est-ce qu'ils font, en édifiant par leur exemple une abomination (g), qui est si contraire à Dieu, à savoir l'idolâtrie manifeste (h) ? L'autre couverture (i) semblable qu'ils allèguent est aussi bien un blas-

---

(a) Se révolter, mot à mot opposer le bec.
(b) Faire faire des progrès à l'Évangile.
(c) Cette bizarrerie.
(d) Travailler.
(e) Fondations.
(f) Avec ordre.
(g) Pratique exécrable.
(h) Évidente, indéniable.
(i) Prétexte.

phème oblique (a) avec ce qu'il n'y a qu'hypo-
crisie et mensonge. « Nous dissimulons, disent-ils,
et faisons beaucoup de choses contre notre cœur,
pour gagner nos prochains, et susciter de jour
en jour nouvelle semence. Par ce moyen l'Église
se conserve et augmente. Autrement, elle péri-
rait. » Est-ce l'estime (b) qu'ils ont de Dieu,
qu'il ne pourrait confirmer (c) son Église, s'ils
ne lui aidaient par leur feintise (d), laquelle il
condamne et rejette si fort ? Quel honneur font-
ils aux Apôtres de dire que ce serait gâter tout
et ruiner l'Église, d'ensuivre (e) la hardiesse dont
ils ont usé, en plantant (f) le règne de Jésus-
Christ ? Et quand ainsi serait qu' (g)ils n'auraient
point honte d'accuser les Apôtres d'imprudence,
que diront-ils de l'issue (h) que notre Seigneur a
donnée à leur constance et à l'ardeur de leur
zèle ? Se peuvent-ils vanter d'avoir jamais
dressé (i) une église de dix personnes en un vil-

(a) Détourné.
(b) Est-ce l'opinion qu'ils ont de Dieu ?
(c) Affermir l'état, consolider.
(d) Substantif tombé en désuétude ; nous n'avons
gardé que la forme « feinte », dissimulation.
(e) Imiter.
(f) Expression inspirée de la parabole célèbre du
semeur.
(g) Et quand bien même.
(h) Résultats.
(i) Formé, plutôt fondé.

lage, avec leur si grande discrétion (a) et sagesse
tant circonspecte, au lieu que tout le monde (b)
a été gagné par la simple prédication de l'Évangile ? Et puis, je m'en rapporte à leur conscience,
si c'est cela qui les mène, et non plutôt la crainte
qu'ils ont de leur peau (c). Il est plus que certain
que ce qu'ils prétendent pour couleur (d) est
bien loin de leur pensée. Combien qu'il ne me
chaut pas beaucoup d'insister en ce point. Car
tout au mieux qu'on peut prendre cette défense,
déjà elle emporte ces blasphèmes, [à savoir] que
le moyen que Dieu a ordonné de promouvoir
l'Évangile n'est pas bon ni utile ; que sa vertu,
laquelle il a démontrée jusqu'ici, à conserver (e)
son Église, est défaillie ; qu'au lieu d'avancer sa
parole, en confiance (f) de sa vertu, il convient
d'y procéder par sagesse humaine. De cette
même source procèdent toutes les cavillations (g)
dont ils usent. C'est qu'ils ne se peuvent ranger (h)
à donner cette gloire à Dieu, qu'en le laissant

(a) Réserve dans l'action ; ici, crainte de scandaliser.
(b) Le monde entier, en latin *totus orbis terrarum*.
(c) Expression triviale destinée, dans la pensée de
Calvin, à déprécier l'attitude des Nicodémites : la crainte
qu'ils ont pour leur peau.
(d) Prétexte.
(e) Maintenir contre les attaques de ses ennemis.
(f) Dans un sentiment de confiance en sa force.
(g) Ruses.
(h) Décider.

gouverner et conduire les choses, pour les amener
à bon point (ᵃ), ils fassent sans contredit (ᵇ) ce
qu'il leur commande, sans se soucier de ce qui
en adviendra, sinon pour lui recommander l'événement, afin qu'il le donne bon. Voici leurs arguments. Si tous les fidèles voulaient fuir l'idolâtrie, que serait-ce ? Les pays où il y a grande
semence de Dieu demeureraient déserts. Je
réponds (¹) que c'est à Dieu d'y pourvoir. Je
réponds secondement que le partement (ᶜ) d'un
homme prêche aucunefois (ᵈ) en plus grande
efficace (ᵉ) qu'il ne pourrait faire de sa bouche.
Tiercement, je réponds que je ne demande pas
qu'on s'en aille. La terre est au Seigneur, seulement qu' (ᶠ)on le serve en pure conscience partout où l'on sera. Quand on ne pourra plus
consister (ᵍ) en un lieu, faisant son devoir, qu'on
se recommande à lui. Quartement, je réponds
que c'est folie à un chacun de plaider ainsi pour
tous. Car nous savons que ce qui fut dit à saint

(ᵃ) A un bon résultat, ou encore, comme nous disons,
à bonne fin.

(ᵇ) Sans lui opposer de contradiction.

(ᶜ) Vieux mot, signifiant le départ, le fait de quitter
son pays.

(ᵈ) Parfois, dans certains cas.

(ᵉ) Avec plus d'efficacité.

(ᶠ) Seulement que (en latin *modo*), pourvu que, à la
condition que.

(ᵍ) Demeurer.

Pierre s'adresse aussi bien à nous : « Que te chaut-il (ᵃ) qu'il sera fait des autres ? suis-moi » (Jean, 21-22). Il est vrai que nous devons avoir le soin de nos prochains, mais pour nous aider mutuellement, non pas pour prendre occasion (ᵇ) de nous retarder ou de reculer. Finalement, je réponds que de penser à ce danger, c'est penser à quel vin nous buvrons d'ici à mille ans. Car Dieu ne distribue pas à tous ses grâces en même mesure ni en même façon. Ainsi c'est en vain qu'ils craignent que les pays ne demeurassent dépourvus de chrétiens. Plutôt (ᶜ) l'Évangile fructifierait cent fois davantage. Bref, si ce point était gagné sur eux, qu'ils ne s'amussassent plus à leur maudite prudence charnelle (ᵈ), nous serions tantôt d'accord ensemble.

Je n'ai pas entrepris de réfuter ici toutes leurs objections. Car je l'ai déjà fait plus que suffisamment au traité dont ils se complaignent. Seulement j'ai voulu toucher en passant que c'est qu'ils profitent (ᵉ) à murmurer ainsi contre Dieu, afin qu'ils apprennent à s'en déporter (ᶠ), voyant

---

(ᵃ) Que t'importe ?
(ᵇ) Prendre prétexte de.
(ᶜ) Au contraire.
(ᵈ) Prudence charnelle, inspirée par des sentiments mesquins comme ceux que la chair suggère à l'homme ; s'oppose à spirituelle.
(ᵉ) L'intérêt qu'ils ont à murmurer (sens ironique).
(ᶠ) A se bien garder [de murmurer].

que ce n'est qu'empirer (a) leur cause de plus
en plus. Au reste, je les veux bien aussi avertir
que c'est une grande ingratitude à eux d'user
des propos qu'ils tiennent. « Puisque Calvin fait
tant du vaillant (b), que ne vient-il ici pour voir
comment il s'y comportera ? Il fait comme les
capitaines qui poussent les soudards (c) à la
brèche pour recevoir les coups, cependant (d)
demeurent loin du danger. » Par ce moyen, les
anciens fidèles se fussent moqués de toutes les
exhortations des apôtres, quand ils les sollici-
taient à endurer persécutions continuelles pour
le nom de Jésus-Christ ; ne fléchir pour rien
qui leur advînt (e) ; perdre leurs biens joyeuse-
ment ; endurer les opprobres du monde d'un
cœur allègre ; et mourir constamment (f), quand
le plaisir de Dieu serait tel. Car ils eussent pu
dire : « Venez-y vous-mêmes, et montrez-nous
le chemin. » Quelqu'un dira que les Apôtres en
avaient bien leur part, et pourtant que cela leur

(a) Empirer, dans le sens de aggraver.

(b) Faire du vaillant ; nous dirions aujourd'hui, faire
le vaillant, poser au courage.

(c) Qui reçoivent une solde, les éditions suivantes
portent souldats, puis soldats. La version latine, *gregarios
milites*.

(d) Pendant ce temps.

(e) Quoi qu'il leur advînt.

(f) Avec constance, au sens étymologique du mot,
c'est-à-dire en restant conséquent avec soi-même.

donnait l'audace de requérir (a) des autres par
paroles ce qu'ils leur montraient par effet (b).
A cela je réponds que chacun d'eux exhortait
souvent à patience et constance une Église dont
il s'était enfui pour le danger (c). Je vous prie,
quand l'Apôtre dit aux Hébreux (12-4) : « Vous
n'avez pas encore résisté jusqu'au sang », ne
pouvaient-ils pas bien répliquer : « Es-tu marri (d),
ou si tu nous portes envie, de ce que nous ne
sommes de pire condition que toi ? » Même,
pour le faire court (e), que pouvait-on dire à
saint Pierre, quand il remontrait aux fidèles
(s. Pierre, 4-12) que c'est la vraie béatitude que
d'endurer pour le nom de Jésus ? Or les fidèles
de ce temps-là ont reçu telles exhortations avec
révérence (f), comme aujourd'hui font ceux qui
ont la crainte de Dieu, sachant que l'homme ne
se peut gaudir (g) des admonitions saintes,
prises (h) de la parole de Dieu, qu'à sa confusion.
Quant est de moi, je ne me vanterai pas d'avoir

(a) D'exiger.
(b) Effectivement.
(c) A cause du danger.
(d) Marri, dans le sens de fâché, mécontent.
(e) Bref, en un mot.
(f) Avec un respect en quelque sorte religieux.
(g) Se réjouir, du latin *gaudere* ; ici, avec le sens de se
moquer.
(h) Empruntées à la parole de Dieu, c'est-à-dire à la
Bible.

beaucoup enduré. Mais je puis bien dire qu'il
n'a pas tenu (a) quelquefois de m'exposer au
danger. Et puisqu'ils m'accomparent (b) à un
capitaine, pourquoi sont-ils si malins et inhu-
mains de ne se contenter que je fasse autant en
cette bataille spirituelle que nous avons (c) contre
le règne de Satan, qu'on pourra demander (d)
d'un bon et fidèle capitaine qui servira à (e) un
prince terrien ? Combien qu'ils s'abusent en ce
qu'ils me mettent si loin des dangers. Car encore
que la persécution ne soit pas aujourd'hui pro-
chaine et éminente (f) sur moi, je ne sais ce qui
me pourrait demain advenir. Tant y a que (g) je
serais bien bête, si dès cette heure je ne m'y
préparais, pour n'être pas surpris. Quand il en
faudra venir là, j'espère bien en mon Dieu qu'il
me fera la grâce de glorifier son nom par mon
sang, aussi bien que je fais maintenant avec la
langue et la plume, et sans me feindre (h) non

(a) Il n'a pas dépendu de moi que...

(b) Ils me comparent à un capitaine ; le préfixe ac
est venu de la préposition *ad*, qui entre en composition.

(c) La bataille que nous livrons.

(d) Exiger de... ; la préposition *de* après demander
s'explique par l'idée d'origine. Cf. plus haut : *du commencement.*

(e) Servir à, calqué sur le latin ; défendre les intérêts de.

(f) Imminente ; le traducteur écrit *quœ immineat.*

(g) Toujours est-il que...

(h) Et sans me dérober plus que je ne me dérobe
aujourd'hui. Il y a là une reprise du mot *feintise.*

plus. Et de fait, en cela ils confessent leur turpitude (a), quand ils ne savent plus que faire sinon de [re]courir (b) à reproches et maledisance (b).

Mais il leur semble avis qu'ils se maintiennent (c) encore honnêtement, pendant qu'ils se peuvent cacher sous la robe de Nicodème, laquelle ils font semblable au manteau de notre Dame des Carmes de Paris (d). Car il me souvient qu'il y a là une légion de moines, comme (e) poussins sous les ailes de leur mère. En cette manière (f), ceux-ci étendent si loin le manteau du bon Nicodème qu'ils en sont tous couverts. Au moins (g), ils le pensent. Car à la vérité, quand chacun en a voulu tirer un pan à soi, ils l'ont tant tiré çà et là qu'ils l'ont tout déchiré, non seulement par pièces mais par filets (h). « Comment est-ce donc qu'ils s'y cachent ? » dira quelqu'un. Il leur advient comme aux perdrix, lesquelles pensent être bien mussées (i) quand elles

(a) Leur malhonnêteté.
(b) Recourir.
(c) Qu'ils continuent à être honnêtes...
(d) Le traducteur écrit : *quam Lutetiœ pictam aliquando vidi apud Carmelitas.*
(e) Pareils à des poussins.
(f) De cette façon.
(g) Du moins.
(h) Par fils.
(i) Cachées, dissimulées. La forme *mucher* a subsisté dans certaines locutions populaires.

peuvent trouver un trou pour fourrer la tête.
Ainsi ce manteau de Nicodème, sous lequel ils
pensent se mettre à sauveté (a), n'est sinon (b)
une fausse imagination (c), de laquelle ils se
déçoivent (d) ; comme s'ils bouchaient leurs yeux
afin qu'on ne les vît pas. Car qu'ont-ils de semblable à Nicodème ? « C'est, disent-ils, qu'il est
venu voir notre Seigneur de nuit et ne s'est pas
déclaré être de ses disciples (1). » Je leur confesse
que Nicodème, devant qu'être illuminé (e), a
cherché dans les ténèbres. Mais depuis que (f)
le soleil de justice eut lui sur lui, à savoir (g) s'il
demeura toujours en sa cachette ? Or, au contraire, nous voyons la déclaration qu'il fit,
voire (h) au temps que tout était désespéré. A
savoir quand il vint avec Joseph d'Arimathie
demander à Pilate le corps de notre Seigneur

(a) Assurer leur salut. Comparer le mot, déjà vu,
braveté, sauveté. Il y a là une désinence, empruntée fré-
quemment, au xvie siècle, du latin, *etas, itas,* — accusatif,
etatem, itatem.

(b) Que.

(c) Imagination qui ne répond à rien, vaine, chimé-
rique.

(d) Ils s'abusent.

(e) Éclairé par la foi, par le sentiment qu'il était
sauvé.

(f) Une fois que.

(g) Sous-entendez, je demande. Le verbe figure dans
la rédaction de 1611.

(h) Et cela.

pour l'ensevelir (1). Notons (a) le temps. Voilà les prêtres, pharisiens et tous les autres ennemis de la vérité qui triomphent, comme (b) ayant tout gagné. Les pauvres fidèles de l'autre côté sont bien étonnés (c) et quasi éperdus, voyant leur maître et sauveur, auquel ils ont eu (d) toute leur espérance, trépassé, et son corps pendu (e) au gibet entre des malfaiteurs et brigands. Les pharisiens et scribes et prêtres sont aux écoutes pour voir si quelqu'un osera sonner mot (f). Car ils ne se contentent point de l'avoir mis à mort, sinon que (g) la mémoire en soit du tout abolie. Ils sont encore enflambés (h) de la rage qu'ils ont exercée contre sa personne pour (i) la déployer contre tous ses membres. Le peuple est ému (j) aussi bien ; en sorte que Nicodème était assuré qu'en se montrant disciple ou amateur (k) de

---

(a) Remarquons les circonstances.

(b) Comme s'ils avaient la victoire définitive.

(c) Dans l'état de quelqu'un qui a été frappé par la foudre, par le tonnerre.

(d) Dans lequel ils ont mis toute leur espérance.

(e) Suspendu.

(f) Expression familière.

(g) Il leur faut encore que... Mot-à-mot, ils ne seront pas contents à moins que...

(h) Expression imagée pour exprimer l'intensité de la passion chez les adversaires du Christ.

(i) Et disposés à déployer cette rage contre ses disciples.

(j) En proie à la passion.

(k) Partisan.

Jésus-Christ, il suscitait (a) la fureur de tout le monde contre soi. Néanmoins il en fait profession évidente (b) devant tous. Il ne craint point la honte et l'opprobre. Il ne craint point la haine. Il ne craint point le tumulte (c). Il ne craint point les persécutions. Voilà nicodémiser (d), si nous prenons Nicodème chrétien, et non pas en son ignorance, devant qu'il sût que c'était de Jésus-Christ. Mais quoi ? Ceux-ci veulent ensuivre ce qu'a fait Nicodème du temps de son infidélité (e). Mais à l'exemple qu'il leur montre, après avoir connu Jésus-Christ, ils n'y veulent entendre (f). Somme (g), Nicodème est venu à Jésus-Christ de nuit, du temps de son ignorance. Après avoir été instruit, il le confesse apertement (h) de jour, voire à l'heure qu'il y avait plus grand péril que jamais. Par quoi (i) ceux qui se couvrent (j) de son exemple lui font grande injure, et ne pro-

---

(a) Provoquait.

(b) Non équivoque.

(c) Tumulte, émotion provoquée dans la foule par la déclaration de Nicodème.

(d) Calvin crée hardiment le mot : agir à la manière de Nicodème.

(e) Le temps où il n'avait pas la foi.

(f) Ils ne veulent pas comprendre cet exemple, et par suite l'imiter.

(g) En somme.

(h) Ouvertement.

(i) C'est pourquoi.

(j) Ceux qui s'autorisent.

fitent non plus (a) que si un persécuteur de la
chrétienté s'excusait sur saint Paul (1). Et n'a
pas été (b) en cet acte seul que Nicodème avec
grand danger de sa personne s'est montré chrétien. Déjà il commença de se hasarder (c) pour
Jésus-Christ, quand, en l'assemblée des méchants,
il soutint contre tous qu'on ne le devait condamner sans connaissance de cause. Il est vrai qu'il
ne faisait pas encore confession entière. Mais
si (d) était-ce beaucoup s'avancer, de résister lui
seul à l'impétuosité furieuse de tous les iniques (e).
Maintenant il y aura en une assemblée trois ou
quatre de ces Nicodémites qui souffriraient sans
sonner mot qu'un pauvre chrétien soit cruelle-
ment condamné à mort. Et Dieu veuille que nul
d'entre eux n'y consente ! Voilà donc la vraie
façon de nicodémiser. C'est de se confirmer (f)
avec le temps pour s'avancer (g) journellement à
donner gloire à Dieu. Possible qu' (h)en un point
on leur pourrait accorder qu'ils ressemblent à
Nicodème. C'est qu'ils ensevelissent maintenant

   (a) Et ne tirent pas plus de profit de son exemple que
si...
   (b) Il n'y a pas que cet acte où Nicodème...
   (c) S'exposer.
   (d) Cependant, pourtant.
   (e) Injustes.
   (f) De s'affermir dans la foi.
   (g) S'entraîner chaque jour.
   (h) Peut-être.

Jésus-Christ comme il a fait une fois. Mais il y a grande différence entre les deux sépultures (a). Car Nicodème a seulement enseveli le corps et l'a embaumé, afin que l'odeur en fût bonne (b) et précieuse. Ceux-ci ensevelissent corps et âme, humanité et divinité. Et le tout sans honneur. Nicodème l'a enseveli pendant qu'il était mort. Ceux-ci le veulent enterrer après qu'il est ressuscité. Ainsi, qu'ils se déportent (c) dorénavant de faire un bouclier (d) de Nicodème, pour dire qu'il leur soit licite de dissimuler leur chrétienté (e), jusqu'à se polluer en idolâtrie. Vu que (f) Nicodème a montré cent fois plus de constance en (g) la mort de Jésus-Christ qu'ils ne font (h) tous ensemble après sa résurrection.

Il est temps de conclure pour mettre fin au présent traité. Je crois que tous ceux qui ont une goutte de sain jugement, voient bien qu'ils n'ont aucune raison de m'accuser, comme si j'étais trop rude et âpre en exigeant des chrétiens ce que notre Seigneur leur commande expressément

----

(a) Les deux manières d'ensevelir le Christ.
(b) Agréable.
(c) Qu'ils renoncent à...
(d) De se mettre à l'abri derrière Nicodème.
(e) Qu'il leur est permis de dissimuler leur christianisme.
(f) Car.
(g) A l'occasion de la mort.
(h) Qu'ils n'en montrent.

par sa parole (a), et non plus. A ceux qui ont les oreilles tant douillettes (b) qu'ils ne peuvent porter cela, je réponds que ma doctrine n'est pas dure (c) ; mais c'est la dureté de leur cœur qui la leur fait trouver telle. S'il y a difficulté à le faire, ce n'est pas à dire (d) que notre devoir n'y soit. Je sais bien que ce n'est pas à un chacun de réformer un pays, quand les choses y vont mal. Et aussi je ne requiers pas cela d'eux, mais tant seulement (e) qu'un chacun se réforme en son endroit (f), ne communiquant (g) pas de mal. Si ce leur est chose fâcheuse (h) quant à la chair, je ne m'en ébahis point. Mais s'ils connaissent ce que je leur dis être bon et salutaire, qu'ils avisent (i) d'en faire leur profit, plutôt que d'ensuivre les frénétiques (j), en frappant et outrageant le médecin, qui met en peine (k) de les secourir. Je ne prends pas plaisir à les contrister.

(a) Par son Évangile.

(b) Si délicates que.

(c) Dure, difficile à accepter. Le mot est emprunté à l'Évangile : *durus hic sermo, et quis potest eum audire ?* *(Jean).*

(d) Il ne s'ensuit pas que.

(e) Mais seulement.

(f) En ce qui le concerne.

(g) En ne participant pas au mal.

(h) Pénible.

(i) Qu'ils songent à.

(j) Les fous.

(k) Qui se donne la peine de.

Néanmoins si je puis les amener à une tristesse telle que dit saint Paul, à savoir qui engendre repentance, je ne m'en repentirai point. (2 Corint., 7-10). Car ce sera leur profit. S'ils s'en contristent pour se dépiter (a), j'en suis marri. Car je ne désire pas leur ruine (b), et n'en voudrais être cause. Mais la faute leur en sera imputée, non pas à moi.

Jusqu'ici j'ai parlé à ceux qui font des sages (c) contre Dieu, pour se justifier malgré lui en ce que, pour complaire au monde, ils ne font aucune difficulté de se polluer en idolâtrie. Maintenant j'adresserai mon propos (d) à ceux qui, étant aussi en pays papistes, avec crainte et humilité reconnaissent le pauvre (e) état où ils sont et vivent à regret au milieu des abominations qu'ils sont contraints d'y voir, et même auxquelles il leur advient quelquefois de se polluer par infirmité. Je considère bien qu'ils sont en merveilleuse (f) perplexité. D'autre part je sais qu'il convient tellement traiter les consciences timides et épouvantées qu'on ne les mette point en désespoir.

(a) Au point d'en concevoir du dépit.
(b) Malheur, au point de vue spirituel, s'entend.
(c) Cf. qui fait du vaillant (plus haut), ici, qui jouent à la sagesse, qui émettent la prétention d'être sages...
(d) Je m'adresserai.
(e) L'état malheureux.
(f) Qui tient du prodige, par conséquent très grande.

Or, on peut voir par le traité que je n'ai pas été tant inhumain (ᵃ) que je n'aie eu garde de consoler ceux qui sont tels. Il est vrai que j'y ai tenu le moyen (ᵇ) lequel Dieu me permet, et non pas tel que le monde l'appète (ᶜ). C'est que, sans les flatter en leur péché, je les ai exhortés à prier Dieu continuellement, voire (ᵈ) confessant leur pauvreté avec gémissements et douleur, pour en obtenir pardon ; se recommander à lui et le prier que, par sa bonté infinie, il les veuille délivrer de cette captivité, ou leur donner force et constance de préférer l'honneur de son nom à leur propre vie ; et cependant (ᵉ) se solliciter (ᶠ) par chacun jour de se mettre en devoir. Je persévère encore en cela ; et désire tellement réconforter ceux qui faillent (ᵍ) que cependant ils ne s'endorment point en nonchalance et ne s'endurcissent point contre Dieu. Et de fait les consolations chrétiennes ne sont point (ʰ) d'endormir les

---

(ᵃ) Si cruel.

(ᵇ) Le traducteur écrit *temperamentum*, ce qui éclaire le passage. Il s'agit ici de mesure. Calvin, tout en évitant de désespérer ceux qui sont obligés de vivre en pays catholiques, ne veut point cependant leur dissimuler le péril. Il observe une juste mesure.

(ᶜ) Le désire, du latin *appetere*.

(ᵈ) Même, qui plus est.

(ᵉ) Pendant ce temps.

(ᶠ) S'entraîner par la méditation.

(ᵍ) Ceux qui défaillent, qui succombent à la tentation.

(ʰ) N'ont point pour effet de.

pécheurs, leur faisant accroire que le mal est bien, mais, après les avoir humiliés et même abattus devant Dieu, les induire, pour remède unique, à prier Dieu, demander merci (a) et implorer son aide, pour sortir de la fange où on est. Quiconque ne se contente pas de cela, qu'il cherche ailleurs un Balaam, pour bénir ce que Dieu a maudit. Car ce n'est pas mon office (b) ni ma coutume.

Or, ce qui me fait insister en ce point avec plus grande véhémence, c'est parce que je ne doute pas que, jusqu'à cette heure, la plupart n'aient grandement provoqué la colère de Dieu, en estimant si peu et quasi prenant cela pour jeu (c) de le déshonorer en se mêlant avec les idolâtres, pour communiquer (d) à leurs superstitions. C'est déjà un grand crime de commettre idolâtrie extérieure, abandonnant son corps, qui est le temple de Dieu, à pollution telle que l'Écriture condamne autant ou plus que paillardise. Et [ce] n'est pas une faute légère de transférer (e) l'honneur de Dieu à une idole, je dis même la révérence extérieure, qui est signe et

------

(a) Demander pardon.
(b) Mon devoir, ma fonction.
(c) Se faisant en quelque sorte un jeu de manquer à l'honneur de Dieu.
(d) Participer.
(e) Transporter.

témoignage de l'honneur spirituel (a). Car c'est faire profession de consentir à l'idolâtrie et l'approuver. Et [ce] n'est pas peu de chose de donner mauvais exemple à ses prochains, pour confirmer (b) les ignorants en erreur et troubler les infirmes (c), ou les scandaliser ! Mais quand avec tout cela nous ajoutons une impudence (d) et que, comme paillardes effrontées, nous nous torchons la bouche (e) pour dire que nous n'avons rien fait de mal, c'est dépiter (f) Dieu apertement et quasi de propos délibéré (g) le provoquer au combat et l'armer à faire vengeance contre nous. Comme aussi il le montre par son prophète Ésaïe (1) (22-14), jurant étroitement (h) qu'une telle iniquité ne sera jamais remise (i). Nous voyons comme (j) David, étant fugitif au pays des Philistins, encore qu'il ne fût pas contraint

------

(a) L'honneur que, dans le secret du cœur, en esprit, on rend à Dieu.

(b) Affermir.

(c) Les faibles.

(d) Absence de pudeur, du sentiment de honte qui devrait suivre le péché.

(e) Expression triviale à dessein et amenée par la comparaison avec les paillardes = le traducteur écrit : *os et frontem fricamus.*

(f) Irriter.

(g) De parti-pris.

(h) D'un serment qui l'engage étroitement avec soi-même.

(i) Pardonnée.

(j) Comment.

d'idolâtrer, ne regrettait rien plus que d'être privé de ce bien, de se pouvoir assembler avec les fidèles pour prier en leur compagnie, se confirmer par l'usage des sacrements et ouïr la loi du Seigneur (1) (Ps. 42-5). Il ne lui challait (a), au prix de cela, d'être déchassé (b) arrière de ses parents et amis, et d'être dépouillé (c) de sa femme. Car nous ne lisons pas qu'il ait fait lamentation de ces choses, comme (d) de ce qu'il n'avait plus accès au temple de Dieu. Par quoi tous ceux qui sont en pays où il n'y a point forme d'église ordonnée comme il appartient (e), pour adorer Dieu et l'invoquer, ouïr sa parole et user de ses sacrements, devraient bien déjà avec Daniel soupirer de ce qu'ils n'ont pas et ne peuvent avoir les choses tant nécessaires à tous fidèles. Car nous ne saurions mieux montrer que nous sommes enfants incorrigibles qu'en étant stupides (f) aux verges de Dieu. Or cette est (g) la verge que nous devons avoir en horreur sur toutes les autres, quand il nous ôte les enseignes (h)

(a) Il lui importait peu.
(b) Séparé, éloigné.
(c) Privé.
(d) Autant que.
(e) Comme il devrait.
(f) Insensibles.
(g) Or, voici quel châtiment nous devons redouter par-dessus tous les autres.
(h) Marques, signes.

par lesquelles il testifie (a) sa présence au monde. Mais encore cette verge est plus rigoureuse beaucoup, quand il permet que nous soyons sujets (b) à cette captivité, d'adorer les idoles au lieu de lui. N'est-ce donc pas un trop grand mépris de Dieu de ne s'émouvoir point et quasi se rire, quand, par signes évidents, il se montre courroucé contre nous, voire beaucoup plus grièvement (c) que s'il nous affligeait de peste, de guerre et de famine tout ensemble.

Par quoi (d), tout bien regardé (e), je ne puis autrement juger, comme j'ai déjà dit, sinon qu'une telle méconnaissance est cause que notre Seigneur les délaisse en cette confusion. Car si tous, d'un commun accord, réputaient (e) bien quelle est leur malheureté (f) et se déplaisaient (g) de ne point glorifier Dieu comme ils sont tenus (h), le priant d'avoir pitié d'eux et les visiter en main forte (i) pour les retirer de cet abîme, il est certain qu'il exaucerait leurs gémissements. Et si

---

(a) Il atteste.
(b) Soumis.
(c) D'une façon beaucoup plus lourde.
(d) En conséquence.
(e) Tout bien considéré.
(f) Réfléchissaient.
(g) Cf. braveté, sauveté. Nous disons aujourd'hui, malheur.
(h) Comme ils sont tenus de le faire.
(i) Avec force, en employant la force.

cela eût été fait par ci-devant (a), nous eussions déjà senti sa bénédiction autrement qu'elle ne s'est [pas] montrée ; car jusqu'à ce que notre mal nous presse (b), nous ne sommes pas capables de recevoir la grâce de Dieu, pour y subvenir. Davantage, cette pusillanimité qu'ils ont est un autre empêchement pour retarder (c) Dieu de faire son œuvre. Ils devraient bien faire cet honneur à Dieu de se confier (d) à lui, qu'il pourra bien trouver des moyens, que nous ne pouvons concevoir, pour avancer (e) son règne ; et, en cette confiance, s'employer un peu plus hardiment, chacun selon son état et sa faculté. Mais quoi ? Devant que rien oser attenter (f) pour l'honneur de Dieu, tous disent d'une voix « qu'il s'en faut déporter (g), parce qu'on ne profiterait de rien ». Ne sont-ils pas bien dignes (h) que Dieu retire sa bénédiction d'eux et cache sa vertu (i), puisqu'ils sont si ingrats que (j) de le

---

(a) Jusqu'à présent.
(b) Accable.
(c) Empêcher.
(d) De s'en remettre à Lui.
(e) Hâter l'établissement de son règne.
(f) Le mot signifie entreprendre, au xvie. Aujourd'hui, il a un sens péjoratif : attenter à la vie de quelqu'un, un attentat.
(g) Se garder de, éviter de.
(h) Ne méritent-ils pas.
(i) Sa force.
(j) Assez ingrats pour.

faire (ᵃ) impuissant ? Qui plus est, il y a grand danger pour l'avenir que le Seigneur ne fasse reculer le cours (ᵇ) de sa parole entre eux, pour punir une telle timidité. Et quand cela sera advenu, il ne faudra imputer (ᶜ) la faute qu'à nous, d'autant que nul n'y aura voulu mettre seulement le petit doigt (ᵈ) pour y aider, comme nous y étions tous tenus, et que cette crainte sera procédée de défiance, en tant que (ᵉ) nous aurons mesuré la vertu du Seigneur infinie, selon notre appréhension (ᶠ). Ainsi que chacun se fortifie en la fiance de Dieu (ᵍ), pour avoir meilleur courage à mettre la main à la pâte (ʰ) comme on dit, c'est-à-dire mettre peine à exalter (ⁱ) le règne de notre Seigneur Jésus, bataillant contre toutes les résistances de Satan. Que les prêcheurs n'aient point tant d'égard à se contregarder (ʲ) qu'à faire

---

(a) L'imaginer.

(b) Image empruntée à l'idée de fleuve.

(c) Attribuer. Le mot imputer a subsisté dans la langue théologique.

(d) Expression populaire.

(e) Attendu que.

(f) Le tour, imité du latin, est assez embarrassé. Il faut entendre : parce que nous aurons mesuré selon notre intelligence *(appréhension)* la force du Seigneur qui, étant infinie, sans limites, échappe précisément à nos mesures.

(g) Confiance que Dieu mérite.

(h) Autre expression familière.

(i) A établir. Le traducteur écrit *restituere.*

(j) A se surveiller.

ce que leur vocation porte et ce qu'ils promettent
en montant en la chaire de vérité, faisant profession de parler au nom de notre Seigneur Jésus-
Christ. Que le peuple fasse valoir la doctrine
qu'il aura reçue, et que tous la fassent fructifier,
en la publiant (a) de main en main. Au reste,
puisque David, voulant faire une protestation
commune à tous les fidèles, dit qu'il ne partici-
pera point aux sacrifices des idoles, et ne prendra
point leur nom (b) en sa bouche (1) (Ps. 16, 4),
c'est bien pour le moins (c) que ceux qui décli-
nent (d) de cette pureté reconnaissent leur faute
et prient Dieu incessamment tant de leur pardonner que de les réduire (e) au droit chemin.
Et que nul ne fuie, de peur d'ouïr sa condamnation, ou bouche les oreilles, ou ferme les yeux ;
comme (f) plusieurs pensent avoir beaucoup
gagné, en s'abstenant de lire bonne doctrine afin
de n'entrer point en compte avec Dieu. Car je
dénonce (g) à tous ceux qui ne voudront écouter
sa parole, pour (h) être repris et menacés d'icelle,
qu'ils sentiront sa main, laquelle leur sera beau-

(a) En la répandant dans le public.
(b) Il s'agit du nom des idoles.
(c) C'est bien le moins que...
(d) Ceux qui s'écartent.
(e) De les ramener.
(f) Ainsi font plusieurs qui s'imaginent...
(g) J'annonce à tous ceux.
(h) De peur d'être blâmés.

coup plus rude et les fera crier beaucoup plus amèrement : hélas ! hélas !, voire (ᵃ) en leur confusion, au lieu que la parole leur doit être en (ᵇ) remède pour leur salut.

FIN

Ps. 141.

Corripiat me justus in misericordia, et redarguat me. Oleum autem pretiosum non frangat caput meum.

Prov. 15.

Qui odit correptionem, peribit.

Prov. 16.

Qui abjicit castigationem, contemnit animam suam. Qui autem audit correptionem, possidet cor.

(ᵃ) Fût-ce parmi leur confusion.
(ᵇ) Ce remède, c'est-à-dire, destinée à leur servir de remède et à assurer leur salut.

APPENDICE I

ÉCLAIRCISSEMENTS ET RÉFÉRENCES

Page 85. — (¹) Il s'agit du traité intitulé *De opere monachorum*, écrit vers 400 ; l'auteur, se fondant sur l'Écriture, exige des moines le travail manuel. On trouve ce traité dans Migne : *Patrologie latine*, IX, pp. 547-592. Il en est question dans les *Retractationes*. Migne. II, 21.

Page 85. — (²) La vénération des reliques, à la fin du Moyen-Age et, au XVIe siècle, chez les Réformés, est souvent comparée à une foire. On en a fait des « jeux » et des « farces ». V. la Bibliographie.

Page 86. — (¹) C'a été un des leit-motiv de la pensée protestante, au XVIe siècle, que l'Église catholique était une corruption de l'Évangile, au point de vue du dogme, de la morale, de la liturgie. De nos jours, l'apologétique catholique s'est ingénié à montrer, avec Newmann, que le romanisme était un développement logique de l'Évangélisme primitif.

Page 86. — (²) Le rôle du saint, dans la théologie protestante, est réduit à celui d'un modèle. Voir l'Introduction. Voir notre *Echec de la Réforme au XVIe siècle*, Ire partie, chap. VII.

Page 87. — (1) Le rôle de St Paul a été considérable dans la formation de la théologie chrétienne. Il a fait passer au second plan de la spéculation l'humanité du Christ, et a insisté sur son rôle *spirituel* de médiateur. Avec lui, le messianisme judaïque a pris les proportions d'une religion catholique, c'est-à-dire universelle. Il est appelé l'Apôtre des Gentils, ou des Nations *(gentium)*.

Page 88. — (1) Voir en particulier *Ste Hélène*, par Rouillon. Paris, Gabalda.

Page 90. — (1) Pour le sens d'idolâtrer, voir l'Introduction, p. 23. Cela consiste à rendre à un objet ou à une personne le culte qui n'est dû qu'à Dieu. Ici, le mot a une acceptation d'autant plus forte que Calvin vise les honneurs rendus soit aux statues, soit aux reliques.

Page 92. — (1) *Souviens-toi, ô homme, que tu es poussière, et que tu retourneras en poussière.* Office du Mercredi des Cendres.

Page 95. — (1) Calvin a eu le sentiment qu'il n'avait fait qu'amorcer une enquête, — sans la mener à bonne fin. Voir les propos que lui attribue Nicolas des Gallars, dans sa préface à la traduction latine.

Page 97. — (1) Passage tiré des psaumes : *Ils auront des yeux et ne verront pas.* Cette théorie de l'aveuglement du peuple juif, et, dans la suite, d'une partie du monde antique, a servi à expliquer l'insuccès de la prédication de Jésus dans sa patrie, et celui des apôtres dans le monde ancien.

Page 99. — (¹) Ç'a été l'idée constante de Calvin, et son idéal, d'associer les pouvoirs publics à l'œuvre de la Réformation du monde selon l'Évangile. Lire à ce sujet l'Épître au Roi de France, en tête de l'*Institution Chrétienne*, 1535. Lire encore les lettres au duc de Somerset (25 juillet 1551) ; au roi d'Angleterre (janvier 1551, 12 mars 1553) ; au roi de Navarre (14 décembre 1557, 16 janvier 1561).

Page 101. — (¹) Il y a ici une allusion, assez transparente, au dogme de la Transubstantiation. Toute hostie consacrée par le prêtre catholique est censée « contenir, en réalité et en substance, le corps, le sang, l'âme et la divinité de Jésus-Christ ». Calvin a combattu cette croyance, un peu partout, mais en particulier dans le *Traité de la S*ᵗᵉ *Cène*, et dans l'*Institution*.

Page 101. — (²) V. P. Saintyves : *Les images et les reliques légendaires*. — A. Houtin : *La controverse de l'apostolicité des Eglises de France, au XIX*ᵉ *siècle*. — Ch. VII : *Les reliquaires de Charroux*.

Page 101. — (³) La liturgie comporte une fête dite de la *Circoncision de N.-S. J.-C.*, 1ᵉʳ janvier. — Voir Luc, ch. II, verset 1 (II, 1). Luc est l'évangéliste de l'enfance du Christ.

Page 102. — (1) Sur le Précieux Sang, voir à la Bibliographie la liste des ouvrages consacrés à ce grave
sujet.

Page 103. — (1) Luc, ii, 7, parle d'une crèche où fut
déposé l'enfant.

Page 105. — (1) Luc, ii, 46: *Ils le trouvèrent dans le
temple, assis au milieu des docteurs, les écoutant
et les interrogeant* (trad. Segond).

Page 106. — (1) Jean, ii, 1-13. La critique moderne
s'accorde à voir dans ce miracle un symbole.
C'est dire que la prétention d'en conserver des
traces matérielles s'effondre.

Page 108. — (1) Matthieu, xxvi, 20-30; Marc, xiv,
22-27 ; Luc, xxii, 14-21 ; Jean, xiii.

Page 109. — (1) Matthieu, xxvii, 57-62 : *Joseph
l'enveloppa d'un linceul blanc...* ; Marc, xv, 45-
50 ; Luc, xxiii, 50-55 ; Jean, xxxviii, 19 et sq.

Page 110. — (1) Jean, xi, 5-16. Tout ce récit est sym-
bolique.

Page 110. — (2) Exode, *passim*.

Page 111. — (1) Matthieu, xxvii, 32-39; Marc, xv,
24-26 ; Luc, xxiii, 26-35 ; Jean, xix, 17-23.

Page 113. — (1) Marc, xv, 21.

Page 115. — (1) Marc, xv, 26 ; Jean, xix, 19-23.

Page 116. — (1) Voir les quatre évangélistes, au récit
de la Passion.

Page 118. — (1) Jean, xix, 33-34.

Page 118. — (²) Matthieu, xxvii, 29; Marc, xv, 17 ; Jean, xix, 2.

Page 120. — (¹) Matthieu, xxvii, 28; Marc, xv, 17 ; Jean, xix, 2.

Page 123. — (¹) Marc, xv, 24 ; Jean, xix, 23-24.

Page 123. — (²) A. Houtin, *op. cit.*, p. 185 et sq.

Page 129. — (¹) Jean, xix, 40-42.

Page 129. — (²) Matthieu, xxvii, 3-11.

Page 132. — (¹) Voir le récit de la Passion, dans les quatre Évangélistes.

Page 136. — (¹) Jean, xxi, 12-14.

Page 140. — (¹) Eusèbe : *Histoire ecclésiastique.* Migne : *Patrologie grecque,* xix, xxiv.

Page 140. — (²) Mélusine, personnage légendaire. Célébrée par Jean d'Arras (1387), mise en vers par Couldrette, 1401 ; poème traduit en allemand par Thuringe, 1456.

Page 141. — (¹) Il s'agit ici du fameux *labarum* qui détermina la conversion de Constantin.

Page 141. — (²) Voir Houtin, *op. cit.* V. surtout Saintyves, *op. cit.*, p. 166 et sq.

Page 143. — (¹) *Ibidem.*

Page 145. — (¹) Luc, ii, 8-13.

Page 145. — (²) Matthieu, ii, 1-13.

Page 145. — (³) Luc, ii, 25-33.

Page 151. — (¹) Actes des Apôtres, *passim.*

Page 153. — (1) Voir les représentations qui sont données, dans les églises, de St Michel terrassant le dragon, ou le démon.

Page 155. — (1) Sazomène, chroniqueur dont les œuvres ont disparu.

Page 156. — (1) La fable de Géryon a été contée par les poètes antiques. Ce monstre à 3 têtes possédait des bœufs. Hercule s'empara de ces bœufs : ce fut un de ses travaux.

Page 160. — (1) Marc, i, 4-9.

Page 164. — (1) Sur le séjour même de St Pierre à Rome, qui est mis en doute, consulter l'ouvrage de Ch. Guignebert : *La venue de St Pierre à Rome.* Paris, Nourry, 1 vol. in-8º. — J. Guiraud : *Questions d'histoire et d'archéologie chrétiennes*, 1 vol. in-12.

Page 165. — (1) Matthieu, xxvi, 51.

Page 171. — (1) Calvin pourrait bien avoir eu, ici, une vue très judicieuse.

Page 171. — (2) Sur Ste Anne, voir Luc.

Page 172. — (1) Matthieu, xxvi, 6-14 ; Marc, xiv, 3-10 ; Jean, xi ; xii, 1-12 ; xx, 1-3.

Page 173. — (1) Jean, xx, 17 : « *Ne me touche pas, car je ne suis pas encore monté vers mon Père* ».

Page 174. — (2) Jean, xix, 34 : « *Un des soldats lui perça le côté avec une lance, et il en sortit du sang et de l'eau* ».

Page 174. — (1) Matthieu, ii, 1-13.

Page 175. — (1) Sur St Denys, voyez A. Houtin. Bibliographie : diocèse de Paris.

Page 176. — (1) Actes des Apôtres, vi, 13, à la fin ; vii en entier.

Page 178. — (1) Matthieu, ii, 16-19.

Page 179. — (1) Acta Sanctorum : *legenda S*ti *Laurentii.*

Page 180. — (1) Actes des Apôtres : *passim.* C'est encore l'office, chez les Protestants, des Diaconesses. — Actes des Apôtres, vi.

Page 181. — (1) Acta Sanctorum : *legenda S*ti *Sebastiani. — Sanctorum Gervasii et Protasii.*

Page 183. — (1) Acta Sanctorum : *legenda S*ti *Antonii.*

Page 184. — (1) Voir, d'abord, les *Acta Sanctorum,* — puis les monographies particulières. Entre autres, la collection « *les Saints* », sous la direction de H. Joly. Paris, Gabalda.

Page 187. — (1) Genèse : *passim.*

Page 189. — (1) Sur le caractère historique du *Traité* voir l'introduction. Il y a là un projet d'enquête, plus qu'une enquête.

Page 191. — (1) Cette idée que le culte des Saints est une survivance, ou un legs du paganisme a été reprise par P. Saintyves : *Les Saints successeurs des Dieux.* Cette thèse a été combattue par E. Vacandard : *Etudes d'histoire et de critique religieuse*

(2ᵉ série). Il paraît indéniable pour le moins que l'Église a « utilisé », comme disait Brunetière, en la transformant peut-être, la foi naïve des foules en des intercesseurs supra-terrestres.

Page 196. — (¹) C'est un des rares passages où Calvin parle de sa personne, et évoque son passé.

Page 197. — (¹) Le texte cité ici, sous la référence *Sᵗ Paul*, ii, *Thessaloniens*, ch. iii, ne se trouve ni dans l'Épître en question, ni ailleurs dans le Nouveau Testament. La traduction latine de Nicolas des Gallars y substitue un passage de la IIᵉ Épître aux Thessaloniciens, ch. ii, v. 11 (ii, 11). Dans l'édition française de 1563, la citation a disparu. — Il serait injuste de s'autoriser de cette citation imaginaire pour mettre en doute toutes les autres, sous la plume de Calvin. Il est probable qu'à force de lire et de relire la Bible, il en est venu à imaginer, à l'aide de réminiscences, des textes qu'on ne peut donc « situer ».

L'Excuse à Messieurs les Nicodémites.

Page 199. — (¹) Cette citation a une valeur topique tout à fait remarquable. En voici la traduction : *Ils ont pris en grippe celui qui les réprimandait, et ils ont eu en abomination celui qui leur disait la vérité.* Amos, v. — Si l'on se rappelle qu'Amos est un des prophètes, qui se sont succédé en Israël pour lui reprocher, d'âge en âge, sa tendance au polythéisme et à l'idolâtrie, on verra ici l'exacte appropriation que Calvin en fait à sa

. personne et à son rôle personnel dans la Réforme.

Page 201. — (^{1}) Il n'est pas démontré que Salomon soit en réalité l'auteur des *Proverbes*, ni de l'*Ecclésiaste*. Mais c'était un procédé cher à l'antiquité que de placer, sous l'autorité d'un nom célèbre, une œuvre anonyme. — Sur Salomon, lire *les Rois*, I, ch. iii à xii.

Page 202. — (^{1}) Sur le caractère biblique de la Réforme française, je renvoie à mon *Echec de la Réforme*. Ire partie, ch. ii. Les *desiderata* des Réformés. La confession de foi de 1559 ne contient pas un mot, qui ne s'appuie d'une référence à un texte de l'A. ou du N. T.

Page 204. — (^{1}) St Paul : *Au nom de Jésus, tout genou ploie et toute langue confesse qu'il est le Christ, fils de Dieu.*

Page 207. — (^{1}) Ressouvenir de l'Histoire du Peuple d'Israël. V. Renan et Loisy.

Page 207. — (^{2}) Jean, iii, 1-22.

Page 208. — (^{1}) Calvin a toujours protesté qu'il eût préféré vivre dans l'obscurité que d'assumer la tâche de « dresser » l'Église de Dieu. Il est incontestable qu'il a été « *poussé* » par un concours de circonstances, où sa volonté n'avait point de part. Bossert : *Calvin*, p. 5.

Page 212. — (^{1}) Allusion à Gérard Roussel, parmi beaucoup d'autres.

Page 215. — (^{1}) Il s'agit de groupes, ou de familles d'esprits, comme eût dit Sainte-Beuve.

Page 218. — (¹) Le mot emporte, comparé à *secte*, une sorte de mépris.

Page 224. — (¹) Lucianiques : Calvin désigne sous ce nom les disciples d'Épicure.

Page 228. —· (¹) Ç'a été le rêve, et, pour ainsi dire, l'obsession de Calvin de servir Dieu *purement*, c'est-à-dire selon la rigueur des exigences divines. Le livre, la Bible, à ses yeux, contenait la pure formule.

Page 234. — (¹) Calvin est l'ennemi personnel du *Nicodémisme*. Il le prend à parti ; il s'y oppose comme dans un duel : *Je réponds*. Si le Réformateur a été poussé, malgré lui, à assumer son rôle, il convient d'ajouter qu'une fois ce rôle accepté, il l'a rempli sans arrière-pensée. Il s'y est mis tout entier.

Page 240. — (¹) Cette apologie de Nicodème est à tout le moins ingénieuse. Le malheur est que le personnage en question n'est probablement qu'un symbole.

Page 241. — (¹) Se rappeler que la sépulture donnée aux morts est, dans l'antiquité, un acte essentiellement religieux, et, dans le catholicisme même, une des œuvres de miséricorde, c'est-à-dire qui assurent au pécheur la miséricorde de Dieu et le pardon de ses péchés.

Page 243. — (¹) Actes des Apôtres. « *Saul* (dans la suite, Paul) *avait approuvé le meurtre d'Etienne* », vii, 60.

Page 249. — (^{1}) Esaie, xxii, 14. Il y a erreur dans l'attribution du verset.

Page 250. — (^{1}) Psaumes, xlii, 5. « *Je me rappelle avec effusion, quand je marchais entouré de la foule... vers la maison de Dieu.* »

Page 257. — (^{1}) Psaumes, xvi, 4. « *On multiplie les idoles ; on court après les dieux étrangers ; je ne mets pas leurs noms sur mes lèvres.* »

APPENDICE II

LA LUTTE CONTRE LE NICODÉMISME

LA CORRESPONDANCE

Le retour de Calvin et son établissement définitif
à Genève y amena à sa suite nombre de réfugiés,
qui étaient assurés de trouver dans cette ville, non
seulement la liberté de conscience, mais encore les
directions du Réformateur. Ce dernier, comme on
va le voir dans ce chapitre, ne se contente pas de
proclamer « ex professo » et sous la forme de traités
dogmatiques la nécessité de fuir la terre d'Égypte
et de Babylone. Il s'attache à telle ou telle âme particulière, l'exhorte, la soutient, la relève, s'il en est
besoin, semblable au pasteur dont il est parlé dans
l'Évangile et qui n'hésite pas à abandonner son
troupeau pour courir après la brebis égarée. (Mathieu, Marc, Luc.) Plusieurs, en effet, hésitent,
avant de prendre une décision, ou, l'ayant prise,
se troublent à la dernière heure. Certains cèdent aux
influences, à la peur, à toutes sortes de raisons.
Calvin est là — sa correspondance l'atteste —
vigilant et lucide. Il intervient avec autorité. Il
trace le devoir, il dissipe les scrupules. En un mot,
il continue, sur un terrain plus restreint, avec une

connaissance plus approfondie du sujet, sa lutte contre le Nicodémisme.

Il faudrait, pour être complet, relever sur les registres de Genève les listes d'immigration. D'année en année, arrivent et s'installent des réformés de langue française. Ils font souche et plusieurs y sont encore aujourd'hui représentés. Quelques noms permettront de se faire une idée de ce mouvement. En 1540, c'est un M. de Tailly (1) qui presse Calvin, alors réfugié à Strasbourg, de revenir à Genève, où lui-même s'est installé. En 1547, c'est François Beaudoin, d'Arras (2), qui fut dans la suite l'ami et le secrétaire du Réformateur et devint, sur le tard, son adversaire. Le 24 octobre 1549, c'est Théodore de Bèze (3) abandonnant en France de riches bénéfices, en particulier l'abbaye de Froidmond qu'il tenait de la munificence de son oncle. La même année, ou peut-être l'année précédente, c'est Ch. de Jonvillers (4), qui devint le secrétaire de Calvin. En mai 1553, c'est le sieur Bouchard (5), vicomte d'Aubeterre. Calvin lui rédigea une lettre destinée à convaincre son père de la nécessité de rompre avec le catholicisme et aussi, pour justifier sa propre décision. A la date de 1558, le sieur Dommartin (6), qui avait organisé la Réforme,

------

(1) *Lettres françaises* (Ed. J. Bonnet). I, p. 24.
(2) *Ibidem*, I, p. 218.
(3) *Ibidem*, I, p. 338, et la note.
(4) *Ibidem*, I, p. 338.
(5) *Ibidem*, I, p. 348.
(6) *Ibidem*, II, p. 236 et seq.

à Metz, vient s'établir à Genève, comme au centre même du mouvement.

Nous ne connaissons ici que le dénouement de ce qui souvent dût être une crise. On ne se décide pas, en effet, à s'expatrier, à quitter les siens, sa fortune, sans avoir mûrement réfléchi et sans avoir pesé les moindres raisons de sa détermination. Cette crise fut-elle violente ? Comporta-t-elle des alternatives de courage et de faiblesse ? Faute de renseignements précis, nous ne le pouvons dire.

Toutefois, s'il faut en croire Th. de Bèze (Epître à M. de Wolmar) (1), il ne se détacha pas sans peine de sa patrie. Outre les liens de famille qui l'y retenaient, il avait obtenu dans le monde des succès de toute sorte et pouvait attendre de l'avenir la réalisation des plus brillantes espérances. C'était un véritable renoncement aux honneurs et à la richesse : il l'accomplit néanmoins d'un cœur probe. Il résigna les bénéfices dont on l'avait pourvu, malgré sa jeunesse. Calvin (2) écrit à ce sujet : « Notre-Seigneur a besogné en lui, en ce qu'il s'est retiré (entendez, *exilé*), vu les aises qu'il avait l'espérance de venir plus outre. »

On devine un véritable drame de famille dans le cas du sieur d'Aubeterre. Le père est « marri que son fils ne se confirme pas au service de Dieu tel qu'il l'estime » lui-même. Que de discussions, de

______

(1) On trouve cette Épître en tête des *Œuvres Théologiques*, de Th. de Bèze.

(2) *Lettres françaises*, I, p. 339.

reproches, de larmes peut-être on devine sous ces mots. L'Évangile a ici vraiment « levé l'enfant contre son père ». Cruel antagonisme ! Mais le fils a d'excellentes raisons. Il y a de « lourdes corruptions et abus » dans l'Église. En vain dira-t-on que « c'est à bonne intention qu'on y va ». « Il faut en somme que Dieu soit servi à son gré, non pas à notre appétit ». D'Aubeterre n'a point hésité. Il a entendu la parole de Dieu et il est parti là où elle régnait sans conteste, — à Genève. Puisque Dieu lui a fait la grâce « de lui déclarer ([1]) ce qui est bon et mauvais », il faut « qu'il se règle à cette mesure ». Qu'on n'aille pas croire là-dessus qu'il a étouffé tout sentiment. Il souffre. « De communiquer aux choses mauvaises, il ne me serait pas licite ; de ne pouvoir m'en abstenir sans vous déplaire, ce m'est une merveilleuse angoisse ». Il lui reste la ressource de prier son père de lui « pardonner s'il n'ose pas faire ce qui serait damnable ([2]) ». La prose de Calvin, volontairement sobre, a laissé passer quelque chose de l'émotion des confidences qu'il avait reçues. On devine qu'en ces conjonctures tragiques, quand la volonté défaillait en présence de devoirs héroïques, le Réformateur était là, qui encourageait et consolait.

* *
*

Nous pouvons suivre Calvin dans son travail de direction auprès des âmes hésitantes. Il s'y révèle,

---

(1) De lui faire voir clairement.
(2) *Lettres françaises*, I, p. 387 et seq.

en dépit de certaines souplesses, le théoricien intransigeant du schisme. Même lucidité de vues que dans les *Traités*, même fermeté de décision. Il n'est point permis de tergiverser, quand il s'agit du salut.

Voici d'abord comment il procède avec M. de Falais (¹). Ce personnage, élevé à la cour de Charles-Quint, fut gagné dès sa jeunesse aux idées nouvelles. Dans l'impossibilité où il était de professer ouvertement sa foi, il songea à abandonner sa patrie. La résolution était d'importance, puisqu'il s'agissait en somme de se condamner à l'exil et au dénuement. Calvin le soutint à cette heure grave. Nous possédons un grand nombre de lettres qu'il lui adressa. Il prévoit les objections et y répond ; il prépare les voies et entre, comme on le verra, dans des détails en quelque sorte familiers. Il sait la « difficulté » où se trouve son correspondant, les « considérations » qu'il peut faire. « Les empêchements qui surviennent sont scandales de la chair ». Il lui rappelle le conseil donné par Dieu à Abraham : « Sors du pays de ta nativité » (octobre 1543). Il lui envoie un pasteur à Cologne, où il s'est retiré, et le félicite de cette première démarche (juin 1544). Il le détourne de solliciter une audience de l'empereur à Worms, parce que cette entrevue serait pleine de dangers. Dieu est un « suffisant procureur et avocat ». Qu'il lui confie sa cause ! (mai 1545). Calvin exhorte M. de Falais à venir à Genève, où il trouvera le

______

(¹) *Lettres françaises*, I, *passim*.

règne de l'Évangile ; il lui cherche une maison (juin 1545). Il le prévient que la peste sévit dans la ville (août 1545). Il redouble ses exhortations : « Nous devons tout quitter pour Dieu ». Là-dessus, M. de Falais tombe malade. Calvin le console et l'exhorte à la patience (septembre 1545). Il lui dédie le *Commentaire sur la première Epître de Saint Paul aux Corinthiens.* Il accepte de composer une apologie ([1]) qui sera présentée à l'empereur (avril 1546). Dans l'intervalle, ce dernier avait prononcé, contre Mr de Falais, la confiscation des biens. Calvin console son ami de la mort d'une de ses sœurs, et lui montre, dans ce deuil, un avertissement de la Providence (novembre 1546). Il insiste pour que le gentilhomme s'établisse à Genève. Mais M. de Falais s'arrête d'abord à Bâle, et, après des démêlés avec le pasteur du lieu, un nommé Poulain, il achète un domaine à Veigy. Enfin il s'installe à Genève même (juillet 1548). On sait que, dans la suite, les deux amis devaient se brouiller, lors de l'affaire Bolsec, M. de Falais ayant pris parti pour ce dernier.

Dans le temps même qu'il exhortait le mari, Calvin agissait aussi sur Madame de Falais. Il la

---

([1]) Cette apologie a été publiée, de nos jours, par les soins de M. Alfred Cartier, sous le titre suivant : *Excuse de noble seigneur Jacques de Bourgogne, s[eigneur] de Fâllez et Bredam : pour se purger vers la M[ajesté] Impériale, des calomnies à luy imputées en matière de la foy, dont il rend confession.* 1re édition. Paris, 1896. Lemerre. Bibliothèque d'un curieux. 2e édition. Genève, 1911. A. Jullien.

félicite « de ce que Dieu l'a disposée à quitter et à renoncer [à] tout » (1543). Il lui conseille de « dresser une Église » dans sa maison, et d'inaugurer le culte (1544). Il la rassure touchant la peste de Genève, dont on exagère l'importance et le danger (1545). Il l'exhorte, dans ses épreuves, à se soumettre à Dieu (1546). Il lui adresse enfin ses condoléances à propos de la mort de sa belle-sœur. Calvin, on le voit, ne néglige aucune occasion de confirmer dans leur résolution de s'exiler ceux qui sont touchés par la grâce.

A la même époque, il est en correspondance avec la famille Budé. Guillaume Budé étant mort, sa veuve hésitait à demeurer à Paris, où l'on suspectait son orthodoxie. Sa résolution était « douteuse ». (1) En d'autres termes, si elle songeait « à se retirer par-deçà, pour servir à Dieu en repos de conscience », et si elle supportait mal « sa captivité », elle se heurtait, d'autre part, à toutes sortes d'obstacles. Calvin lui rappelle deux choses. La nécessité de tout sacrifier au salut : « S'il vous était possible de vous en acquitter [de votre devoir] où vous êtes [à Paris], je n'aurais garde [je me garderais] de vous donner conseil d'en bouger ». Quant aux obstacles, aux « sollicitudes », il faut « s'en remettre à la Providence de Dieu » (1546). L'année suivante, il renouvelle à l'un des Budé le conseil « de quitter toutes choses comme pernicieuses ». Certes, il n'a pas la prétention

----

(1) Tous les passages entre guillemets [« »] sont empruntés aux lettres de Calvin ou de ses correspondants.

« de condamner tous ceux qui vivent par-delà »,
en France. Mais l'obligation n'en reste pas moins
absolue pour ceux qui connaissent la vérité, surtout
s'ils occupent un « *lieu* », une situation où l'exemple
ait une grande efficacité. Il le félicite de « gémir de
la captivité malheureuse où il est, désirant d'en
sortir ». Qu'il persévère dans son dessein !

La même année (1547), à l'occasion de la mort
d'un des Budé, il renouvelle ses exhortations. Ce
deuil est une « trompette de Dieu ». Puissent-ils
l'entendre ! Certes, il y a des « dangers ». Il en a
« compassion » .Mais cela « n'excusera pas une. si
grande timidité ». Il ne reste donc aux Budé « qu'à
se développer [s'affranchir] des sollicitudes du
monde ». Ils trouveront en Dieu « telle hardiesse
qu'il appartient ». Enfin, le 27 juin 1549, la famille
s'établit à Genève. Nous avons confirmation de
cette arrivée par une lettre de Viret à Calvin :
« Budæos cum matre advenisse gaudeo » (12 juillet 1549). J'apprends avec joie l'arrivée des Budé
et de leur mère ([1]). »

Une lettre de la même époque, adressée à un nouveau converti, affirme de nouveau l'impossibilité
de pactiser avec le catholicisme. « Il n'est pas non
plus permis aux fidèles de communiquer [prendre
part] à une telle superstition, qu'il était anciennement de sacrifier à Baal ». La conséquence est « qu'il
n'est pas licite à un homme chrétien de communi-

([1]) *Lettres françaises*, I, *passim*, notamment pp. 180,
206, 239.

quer à la Cène de Jésus-Christ ». Il doit demander à Dieu « de lui ouvrir les yeux » et de lui donner « vertu et constance de suivre sa volonté » (juin 1548). (1)

A la même date, Calvin félicite un seigneur français, sans doute Ch. de Jonvillers, de son intention « de servir Dieu jusqu'au bout » et « sans réserve ». Il est impossible, dit-il, à un « homme chrétien » de demeurer en France. « Aussi quiconque a le moyen de SE RETIRER, ne doit nullement le mépriser ». Il faudrait, dit-il encore, « que le partement fût comme [celui] d'Égypte, troussant vos hardes ». Dieu donnera courage et constance à qui espère en lui. Il guidera le pèlerin dans son voyage .« Viens en la terre que je te montrerai (2) ».

Mme de Cany s'était convertie aux idées nouvelles. Calvin la confirme dans cette voie (janvier 1549). Il l'exhorte à honorer « un si bon maître, à s'y efforcer plus que jamais, à s'armer contre toute résistance, à prendre courage contre toutes difficultés pour les surmonter ». En effet, son mari la persécute. Calvin la console, « oyant la captivité plus étroite que jamais où elle est tenue ». Il ne faut pas faiblir (juin 1553). Quand elle est résolue à partir pour Genève, il la félicite et l'encourage : « Vous avez trop délayé [différé] ». Il espère « qu'à ce coup, Dieu l'a touchée à bon escient, pour la

---

(1) *Lettres françaises*, I, p. 252.
(2) *Ibidem*, I, p. 256.

faire sortir de la captivité ». Il envoie quelqu'un à sa rencontre (juillet 1554). (¹)

En 1553, Calvin encourage M. de Marolles à quitter la France. Il connaît ses « perplexités ». Mais il l'assure que Dieu n'abandonne pas ses enfants « au besoing ». Qu'il « se retire par-delà » — à Genève ; il y aura « la liberté de servir [à] Dieu purement, [ce] qui est le principal ».

Nous retrouvons ici, dans la direction que Calvin donne à ses pénitents, la hardiesse de décision, qu'a signalée Bossuet. Là est le secret de la force de Calvin. Il parle comme ayant autorité. Il est, à raison de cette assurance, entendu et obéi. Il fait accepter les plus durs sacrifices. Il prend le croyant dans le pays de la corruption et l'amène par la main, non parfois sans quelque brutalité, dans la terre des Saints, — « en deça » comme il dit, c'est-à-dire, à Genève.

Cet exode n'était pas toujours possible, et les exhortations de Calvin se brisaient souvent devant des obstacles insurmontables. Le correspondant se trouvait retenu par des obligations de famille ou sa situation sociale. Renée de France (²), duchesse de Ferrare, par exemple, ne pouvait quitter, sans

(1) *Lettres françaises*, I, p. 391.
(2) RODOCANACCHI. *Une protectrice de la Réforme en Italie et en France : Renée de France, duchesse de Ferrare.* 1 vol. in-8º. Paris, Ollendorff.

risquer de graves complications diplomatiques, son mari, le catholique Hercule d'Este. D'Andelot occupait auprès du roi des fonctions trop importantes pour qu'il lui fût possible de les résigner. Antoine de Bourbon, roi de Navarre, ne devait pas songer à abdiquer une autorité qui, mise au service de la Réforme, eût pu être infiniment précieuse.

Calvin possède à un degré trop élevé le sens des réalités pour ne pas s'incliner devant ces nécessités impérieuses. Il tolère que ces personnages demeurent dans « la terre d'Égypte », c'est-à-dire en Italie, en France, à la cour ou à Nérac. Mais il ne le tolère qu'à la condition qu'ils y exerceront une influence salutaire. Il leur en fait un devoir de conscience. Noblesse oblige. Plus ils sont haut placés dans la hiérarchie sociale, et plus ils doivent clairement manifester leur foi. C'est le thème d'une longue épître [1] au protecteur d'Angleterre, lord Somerset. La lettre vaut moins par les détails d'ordre pratique qui y sont prodigués, comme de réprimer avec la dernière rigueur toute dissidence, que par l'esprit général qui l'a inspirée d'un bout à l'autre. Il y a une obligation stricte, pour quiconque dispose de l'autorité en tout ou en partie, de mettre cette autorité au service de Dieu et de « la Sainte Parole ». Le pouvoir civil n'est que l'auxiliaire du pouvoir religieux ; c'est, comme on sait, le principe même du régime théocratique, tel que Calvin l'a réalisé à Genève.

_____

[1] *Lettres françaises*, I, p. 267.

Faute d'être entré suffisamment dans cette conception, on s'étonne du ton avec lequel le Réformateur s'adresse, par exemple, à la duchesse de Ferrare, ou encore à Marguerite de Navarre, à Antoine de Bourbon ou à d'Andelot.

Renée s'était laissé persuader par son chapelain, un certain François Richardot, d'entendre la messe. Elle n'ignorait certes pas la doctrine selon laquelle la messe est une cérémonie, non seulement dénuée de sens, mais injurieuse à la personne et à la mission unique du Christ. Peut-être entrait-il, dans sa résolution, le désir d'éviter, entre elle et son mari, un nouveau froissement, une nouvelle discussion. Elle pensait sans doute avoir le droit de n'accorder à cette partie de la liturgie qu'une valeur strictement cérémonielle. Calvin la détrompe rudement ; la messe est un blasphème ([1]) ; qui y assiste se fait complice (1541).

Quelques années plus tard, la duchesse, cédant à de violentes pressions, abjura les idées nouvelles. Elle éprouva bientôt d'amers regrets et résolut de revenir ouvertement à la foi trahie. Calvin la félicite (1555), et il lui pose, à la manière d'un directeur de conscience, la condition d'un repentir sincère : « Qu'elle ordonne tellement sa maison que la bouche des médisans en soit close ([2]) ». Pas de tergiversations : une attitude franche et qui ne prête pas à équivoque.

([1]) *Ibidem*, I, p. 43.
([2]) *Ibidem*, II, p. 10.

Marguerite de Navarre, malgré la protection qu'elle assurait aux réformateurs, eut à essuyer les manifestations du zèle de Calvin. Elle avait éprouvé du mécontentement à lire l'ouvrage « *contre la secte fantastique et furieuse des libertins...* », parce que deux de ses chapelains y étaient visés. Elle s'en plaignit à l'auteur. Celui-ci s'expliqua assez brutalement à ce sujet. Les libertins, dont il était question, constituaient un danger pour l'Église nouvelle. Il ne se croyait pas le droit de les tolérer. Aucune considération d'amitié ne pouvait entraver son ministère. Il avait écrit dans une occasion : « Quand j'aperçois quelqu'un, par mauvaise conscience, renverser la parole du Seigneur et éteindre la lumière de la vérité, je ne pourrais nullement pardonner, *fût-il cent fois mon propre père* (1) ». Il conjurait en conséquence la reine, si elle tenait à se montrer fidèle à la grâce, de désavouer Quintin et Pocques (2) (28 avril 1545).

Même attitude de liberté à l'égard d'Antoine de Bourbon. Ce prince tergiversait entre les deux confessions. Après avoir donné des gages d'adhésion publique à la Réforme, il prenait parti pour un chapelain de tendances catholiques (3). Il recevait les conseils de François Ier. Calvin l'a jugé fort sévèrement ; il lui a reproché, en termes très vifs, son manque de clairvoyance ou de fermeté.

---

(1) C'est moi qui souligne.
(2) *Lettres françaises*, I, p. 111.
(3) *Ibidem*, II, p. 6.

D'Andelot, jeté en prison pour la foi nouvelle, s'était laissé attendrir par les supplications de ses amis et les larmes de sa femme. Le 7 juillet 1558, il écrivit au roi une lettre de soumission. Calvin, mis au courant du fait, lui adresse une lettre où il le blâme avec énergie. Que d'Andelot réfléchisse ; il se rendra compte que « rien ne peut alléger [cette abjuration] devant Dieu ». Bien plus, il a causé du « scandale ». « De pauvres âmes ont été troublées [1] ». Dans la suite, d'Andelot rétracta cette abjuration.

Quant à ceux qui, n'ayant rien pour les retenir en France, refusaient de s'exiler, Calvin les considérait comme des pécheurs endurcis. Ils avaient manifestement méconnu la grâce. Ils mourraient dans leur péché, si Dieu ne consentait, un jour ou l'autre, à les en tirer. « Pour notre Flamberge, écrit-il à propos de l'un d'eux, puisqu'il m'est impossible de l'aider autrement dans son salut éternel, je prie et demande pour lui un esprit plus sage, afin qu'il ne reste pas toujours plongé dans les souillures [2] ».

Voici, d'autre part, ce que Calvin écrit à un de ses amis, qui a toujours reculé devant l'adhésion publique à la Réforme : « Si vous eussiez eu un tel courage, qu'il vous était bien requis de vous acquitter de votre devoir, il y a longtemps que vous lui eussiez

---

(1) *Lettres françaises*, II, p. 221.
(2) *Opera Calvini*, XI, p. 681.

montré [à votre fils] le chemin [de Genève] (¹) ».
Le deuxième fils de Daniel, — c'est en effet le correspondant à qui s'adresse Calvin, — s'était enfui
à Genève, auprès du Réformateur. Celui-ci intervient auprès du père irrité : « Il (²) n'a été poussé
ni induit de légèreté, mais *la crainte de Dieu l'a*
contraint à se retirer des superstitions, auxquelles
Dieu était offensé (³) ». Il n'y a donc pas lieu de lui
tenir rigueur de cette fugue ; elle est inspirée d'en
haut, et, par là même, justifiée. Que Daniel, au
contraire, en prenne occasion de rentrer en soi-
même, de s'examiner, de se juger. Il découvrira,
sous cette apparente révolte, une leçon. Il a été
« froid et tardif à sortir de l'abîme, où il a été plongé ».
Du moins, que « l'exemple » de son fils « l'incite à
faire tous ses efforts pour en sortir ».

Il paraît donc bien établi que Calvin n'a jamais
admis ni en thèse, ni dans la réalité des faits, la
possibilité de pactiser avec le catholicisme. A ses
yeux, la foi doit se manifester par des actes. L'idéal
eût été qu'on « dressât » en France des communautés, sur le plan du groupe évangélique. Il encourageait ceux des fidèles qui édifiaient, çà et là, les
premières églises. Mais, parmi les difficultés que
rencontrait une telle entreprise, devant la perspective de la prison, de la souffrance et de la mort,
il offrait aux âmes faibles le sûr abri de l'Église de

(¹) *Opera Calvini*, XI, p. 585.
(²) Il, votre fils.
(³) C'est moi qui souligne.

Genève. Qui avait le courage de « *s'y retirer* » y trouvait, sous la protection des lois, la véritable Église de Dieu. En tout cas, qu'on demeurât en France ou qu'on vînt s'établir à Genève, Calvin n'admettait pas qu'on s'en tînt à une adhésion purement intérieure ; il menait les âmes logiquement jusqu'au schisme.

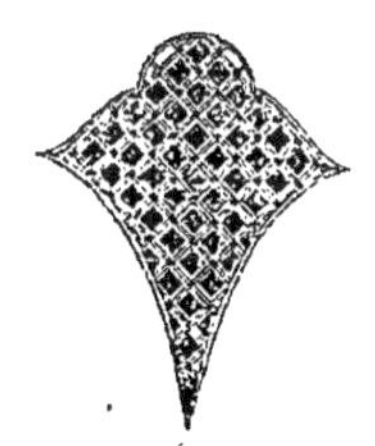

BIBLIOGRAPHIE

Le Jeu de la Feuillée.

>   [On y voit un moine qui met les reliques en gage au cabaret].

La farce du Pardonneur.

>   [Deux charlatans de foire étalent aux yeux de la foule ébahie la crête du coq qui chanta chez Pilate, et la moitié d'une latte de la grande arche de Noé].

Sermons de Menot et de Maillard.

H. Estienne. *Apologie pour Hérodote.*

J.-B. Thiers. *Traité des superstitions.*

>   1 vol. in-12. Paris, 1712.

De l'idolâtrie dans l'Eglise romaine.

>   1 vol. in-12. Paris, 1728.

J. Fr. Bernard. *Superstitions anciennes et modernes, et Préjugés vulgaires qui ont induit les peuples à des usages contraires à la religion.*

>   2 vol. in-folio. Amsterdam, 1732-1736.

Collin de Plancy. *Dictionnaire critique des Reliques et des Images.*

>   3 vol. in-8º. Paris, 1821-1822.

Romagne (de). *Dictionnaire historique des miracles qui prouvent la vérité de la religion chrétienne.*

>   1 vol. in-12. Paris, 1824.

Ardant. *Des ostensions. Origine de ces solennités*

religieuses ; *date des principales* ; *détails sur les cérémonies, les reliques et les reliquaires.*

1 vol. in-16. Limoges, 1848.

P. L. JACOB. *Curiosités de l'histoire des croyances populaires au Moyen-Age.* Chap. I : Superstitions et croyances populaires.

1 vol. Paris, 1859.

A. S. MORIN. *Le prêtre et le sorcier : statistique de la superstition.*

1 vol. Paris, 1872.

LÉNIENT. *La satire en France au XVIe siècle.* L. II, ch. II : la satire religieuse.

1 vol. in-12. Paris, 1886.

P. SAINTYVES. *Les saints successeurs des dieux* (essai de mythologie chrétienne).

1 vol. in-8º. Paris, Nourry.

P. SAINTYVES. *Les reliques et les images légendaires.*

1 vol. in-12. Paris, Nourry, 1912.

[Lire, en particulier, dans cet ouvrage, la partie qui porte pour titre : *Les reliques corporelles du Christ*, et, comme sous-titre : *ongles, barbe et cheveux, dents, larmes, sang, nombril et prépuce.*

L'auteur y examine, au point de vue strictement critique, l'origine et la nature de ces reliques, dont Calvin parle précisément dans son *Traité des Reliques.*

Je signale, après lui, certains ouvrages :

A propos des larmes du Christ :

J.-B. THIERS. *Dissertation sur la sainte Larme de Vendôme.*

1 vol. in-12. Amsterdam, 1751.

PLIQUE (Abbé). *Allouagne et son Pélerinage en l'honneur d'une sainte Larme de Notre-Seigneur.*
1 vol. in-18. Béthune.

MÉTAIS (Abbé). *Les Processions de la sainte Larme.*
1 vol. in-8º. Blois, 1887.

A propos du sang du Christ :

SAINT-MARTIN. *La divine Relique du Sang Adorable de Jésus-Christ dans la ville de Billom, en Auvergne.*
1 vol. in-12. Lyon, 1645.

POTTIER (A.). *Histoire du Précieux Sang de Notre-Seigneur Jésus-Christ conservé en l'abbaye de la Sainte-Trinité de Fécamp.*
1 vol. grand in-8º. Rouen, 1838.

CARTON (Abbé Ch.). *Essai sur l'histoire du Saint Sang depuis les premiers siècles du Christianisme.*
1 vol. in-4º. Bruges, 1850.

ROMMEL (Abbé H.). *Une relique du Précieux Sang de Jésus-Christ à Weingarten.*
1 vol. in-8º. Bruges, 1891.

VAN HÆCKE. *Le Précieux Sang à Bruges.*
1 vol. in-8º. Bruges, 1900.

DUCHESNE (Mgr). *Les Fastes épiscopaux de l'ancienne Gaule.*
3 vol. in-8º, 1894-1904.

[L'éminent historien a rétabli, selon les exigences de la critique moderne, la liste des premiers évêques de la Gaule. Il a détruit, du même coup, la prétention de certaines Églises à être nées de la prédication immédiate des Apôtres ou de leurs envoyés directs. Il a atteint en même.

temps nombre de reliques attribuées à ces évangélistes].

Delehaye (H.). *Les légendes hagiographiques.*

1 vol. in-12. 1905.

[Ouvrage excellent, qui nous fait assister au travail même de la légende, s'appliquant à la personne des Saints].

Houtin (A.). *La controverse de l'apostolicité des Eglises de Frænce, au XIXe siècle.*

1 vol. in-12. 1903 (3e édition).

[Cet ouvrage résume avec autant d'esprit que de méthode et de sens critique cette discussion qui portait sur la prétention de plusieurs Églises de France, à avoir été évangélisées, sinon par les apôtres eux-mêmes, du moins par une mission de sept évêques qu'ils avaient délégués, — et par suite sur l'authenticité des reliques qu'on présente, en certains endroits, de ces saints apocryphes.

On lira avec intérêt ce qui concerne :

au chap. VII, les reliquaires de Charroux ;

au chap. XI, la légende de St Amadour et de Ste Véronique.

On trouvera, à l'appendice I, groupées par provinces, les indications bibliographiques les plus complètes sur les revendications de ce que l'auteur appelle « les légendaires », et les thèses qui leur étaient opposées au nom de la critique et de l'histoire.

Signalons spécialement, puisqu'il est fait mention de ces saints, dans les *Traité des Reliques,* de Calvin :

FAILLON. *Monuments de l'Eglise de Sainte-Marthe à Tarascon,... avec un Essai sur l'apostolat de S*te *Marthe et des autres saints tutélaires de Provence.*

     1 vol. in-8º. Tarascon, 1835.

FAILLON. *Monuments inédits sur l'apostolat de S*te *Marie-Madeleine en Provence et sur les autres apôtres de cette contrée, S*t *Lazare, S*t *Maximin, S*te *Marthe, les saintes Maries Jacobi et Salomé.*

     2 vol. in-4º. Paris, 1848.

MANTEYER (G. DE). *Les légendes saintes de Provence et le martyrologe d'Arles-Toulon (vers 1120).*

     1 vol. in-8º. Rome, 1897 [thèse historique].

LAMOUREUX. *Les saintes Maries de Provence : leur vie, leur culte.*

     1 vol. Nîmes, 1895.

DARRAS. *S*t *Denys l'Aréopagite, premier évêque de Paris.*

     1 vol. in-8º. Paris, 1863 [thèse légendaire].

BERNARD (Abbé Eug.). *Les origines de l'Eglise de Paris : Etablissement du Christianisme dans les Gaules. S*t *Denys de Paris.*

     1 vol. in-8º. Paris, 1870 [réfute Darras].

DAVIN. *Les Actes de S*t *Denys de Paris. Etude historique et critique.*

     1 vol. in-8º. Paris, 1897.

Il n'est que juste de signaler, en regard de la théorie qui fait des saints catholiques les successeurs des divinités païennes, un article très diligent de E. VACANDARD : *Etudes de critique et d'histoire religieuse*, IIIe série : les origines du culte des Saints (les Saints sont-ils les successeurs des dieux ?) Le savant aumônier du lycée de Rouen répond à l'ouvrage, que nous citons à la Bibliographie : P. SAIN-TYVES : *Les Saints successeurs des Dieux.*

TABLE DES MATIÈRES

LA COLLECTION DES
CHEFS-D'ŒUVRE MÉCONNUS
EST IMPRIMÉE PAR
FRÉDÉRIC PAILLART
IMPRIMEUR A ABBEVILLE
(SOMME), SUR VELIN
PUR CHIFFON DES PAPETERIES
D'ANNONAY ET DE RENAGE

Prix : 12 francs